천봉 신무협 장편소설

PAPYRUS ORIENTAL FANTASY

북천전기 13

초판 1쇄 발행 2023년 7월 17일

지은이 ㅣ 천봉
발행인 ㅣ 최원영
편집장 ㅣ 이호준
편집 ㅣ 송영규 최종건 정재웅 양동훈 곽원호 조정범 강준석 김시언
편집디자인 ㅣ 한방울
영업 ㅣ 김민원

펴낸곳 ㅣ ㈜ 디앤씨미디어
등록 ㅣ 2002년 4월 25일 제20-260호
주소 ㅣ 서울시 구로구 디지털로 26길 111 JnK디지털타워 503호
전화 ㅣ 02-333-2513(대표)
팩시밀리 ㅣ 02-333-2514
E-mail ㅣ papy_dnc@dncmedia.co.kr
블로그 ㅣ blog.naver.com/gnpdl7

ISBN 979-11-364-4596-4 04810
ISBN 979-11-364-3596-5 (SET)

※ 저자와 협의하여 인지는 붙이지 않습니다.
※ 이 책은 ㈜ 디앤씨미디어(파피루스)가 저작권자와의 계약에 따라 발행한 것으로 본사와 저자의 허락 없이는 어떠한 형태나 수단으로도 내용을 이용할 수 없습니다.

13

천봉 신무협 장편소설

북천전기
北天戰記

1장. 두 번째 회합 · 7

2장. 독수리를 숨겨라 · 47

3장. 풍운이 드리우는 북방 · 87

4장. 전쟁의 서막 · 129

5장. 하늘의 눈 · 169

6장. 월가의 욕심 · 213

7장. 능선 전투 · 267

1장
두 번째 회합

두 번째 회합

　사천당가에 입성한 연후와 혈왕군은 곧장 군영으로 향했다.
　연후는 본채에 마련된 귀빈실로 모시겠다는 당가의 뜻을 정중히 거절하고 혈왕군과 함께했다.
　철그럭, 철그럭.
　연후와 혈왕군이 군영으로 들어서자 다른 가문의 병력들이 시선을 집중했다. 바람에 나부끼는 철혈대번과 혈왕기는 주변을 압도하고도 남았다.
　"혈왕군이다."
　"젠장, 분위기 한번 살벌하네."
　혈왕군은 단연코 관심의 대상이었다. 또한 경계의 대상이기도 했다. 지금은 비록 연합군의 일원이지만 언젠가는 부딪혀야 하는 상대이기에 혈왕군을 바라보는 자들의 눈빛은 진한 경계심을 담고 있었다.

하지만 혈왕군의 관심을 뛰어넘는 대상은 연후였다.

"저기 좀 봐. 철혈가주다."

"와…… 엄청 젊잖아?"

"우리 대공자보다 더 젊은 것 같은데?"

당대 천하에서 가장 뜨거운 인물로 부상한 연후.

두 세력의 주군을 넘어 황하수련마저 무너뜨리기 일보 직전까지 갔던 그는 이제 다른 가문에게 경외와 경원의 대상이 되어 있었다.

"눈깔 돌려, 새끼들아!"

악마대가 전으로 승급하면서 부대주에서 부전주로 승진을 한 부차가 늑대처럼 으르렁거리자, 기에 눌린 몇몇 무사들이 뒤로 물러서다가 동료들과 부딪쳤다.

하지만 모두가 다 그러한 것은 아니었다. 부차만큼이나 장대한 체구를 자랑하는 전가의 무사 하나가 걸쭉한 목소리로 받아쳤다.

"어이, 함부로 주둥이 놀리다가 전장에서 쥐도 새도 모르게 골로 가는 수가 있어!"

"북부 새끼들이 하나같이 싸가지가 없다더니, 헛소문이 아니었네. 캭! 퉤!"

부차가 이를 드러내며 웃더니 어깨에 메고 있던 대부를

내렸다. 하지만 거기까지였다.

"부전주님, 사고 치지 말라는 주군의 명을 벌써 잊으셨습니까?"

한 대원의 그 말에 부차는 내렸던 도끼를 다시 어깨에 메며 히죽 웃었다.

"얼굴 봐 뒀으니 기대해라, 쥐새끼들아. 흐흐흐."

"너나 뒤통수 조심해, 도적놈 똥구멍처럼 생긴 새끼야!"

연후와 혈왕군, 악마전이 정해진 구역으로 이동할 때까지 곳곳에서 이와 같은 신경전이 벌어졌지만 불상사로 번지지는 않았다.

한편 부차와 말싸움을 벌였던 거구의 무사에게 한 청년이 곁을 지나가며 한마디 툭 던졌다.

"방금 그 사람이 누군지나 알고 신경을 건드렸소?"

"그 새끼가 누군데!"

"악마도 백운 님의 심복, 부차라는 분이오. 악마대에서 백운 님 다음으로 높은 분이지 아마?"

"······!"

거구의 무사가 두 눈을 부릅떴다. 그의 편을 들었던 다른 무사들도 낯빛이 딱딱하게 굳어졌다.

악마도의 잔혹한 명성을 누가 모를까.

청년이 한마디 더 던졌다.

"미리 경고하는데…… 전투가 벌어지면 서장 놈들보다 저 양반을 더 조심하는 게 좋을 거요."

"잠깐. 그러는 너는 누구냐?"

청년은 대답을 않고 사람들 속으로 사라졌다. 전가의 무사는 잠시 겁에 질렸던 자신이 부끄러웠던지 얼굴을 붉히며 거칠게 침을 뱉었다.

퉤!

"씨발! 악마대고 나발이고 지들은 칼 맞으면 안 되지나? 어디 올 테면 와 보라지."

지켜보던 사람들을 의식했지만 정작 그의 두 눈은 긴장감으로 가늘게 흔들리고 있었다.

* * *

연후는 가장 큰 막사로 들어갔다.

막사 안은 제법 그럴듯하게 꾸며져 있었다. 거의 모든 집기들이 대나무를 이용해서 만든 것이었는데, 침상과 의자의 탄력이 매우 뛰어났다.

"주군, 당가의 대공자라는 사람이 찾아왔습니다."

"모셔라."

당곽이 막사 안으로 들어섰다.

그는 연후를 향해 머리부터 조아렸다.

"당곽이 가주를 뵙습니다."

"반갑소."

"가주께서 쓰실 물건들을 가져왔습니다. 혹시 부족한 것이 있으시면 언제든 말씀해 주십시오."

"고맙소."

네 명의 무사들이 큼지막한 바구니를 들고 들어섰다. 바구니 속에는 술부터 시작해서 차와 말린 고기, 그리고 사천에서만 난다는 귀한 과일들이 듬뿍 담겨 있었다.

"다른 가주들은 다들 본채에 있소?"

"그렇습니다."

"내가 이곳에 머무는 바람에 당신들이 번거로워진 것은 아닌지 모르겠군."

"아닙니다. 저희는 그저 이렇게 뵙게 된 것만으로도 무한한 영광입니다."

당곽은 떨리는 가슴을 간신히 억누르고 있었다. 누구보다 만나 보고 싶었던 사람이 연후였다. 그에 대한 환상은 매우 컸었다.

'소문, 이상이시다.'

이렇게 눈앞에서 보고 있자니 자신과는 완전히 다른 세상에서 온 사람처럼 느껴졌다. 또한 누구보다 잔혹하다는 소문이 와전된 것임을 확신할 수 있었다.

지금껏 어떤 가문의 가주도 자신을 이렇게 대해 주지

않았다. 그저 한 번 쳐다보는 것이 대부분이었고, 몇몇은 수족을 대하듯 위압적인 태도마저 보였다.

"하면 이만 돌아가 보겠습니다."

"잠깐."

머리를 조아리고 돌아서려던 당곽은 재빨리 자세를 고쳤다.

연후는 그런 당곽을 응시하며 말을 이었다.

"서장무림이 남쪽의 산악 지대로 들어섰다고 들었는데…… 맞소?"

"그렇습니다."

"그럼 그곳 산악 지대의 지리에 밝은 무사 몇 명만 붙여 줄 수 있겠소?"

"몇 명이면 되겠습니까?"

"세 명이면 충분하오."

"알겠습니다. 지리에 가장 밝은 무사들로 보내도록 하겠습니다."

"고맙소."

"아, 아닙니다. 하면 저는 이만."

당곽은 머리를 조아리고 연후의 막사를 나섰다. 나서기가 무섭게 그는 손을 들어 왼쪽 가슴을 지그시 눌렀다.

두근두근.

가슴은 여전히 요동치고 있었다.

당곽은 다른 가문의 가주들을 떠올렸다.

 '결코 그분들 아래가 아니시다.'

 적어도 그가 연후를 보고 가진 느낌은 이러했다. 당곽은 크게 심호흡을 하고는 본채로 향했다. 가는 길에 악소와 백무영을 비롯한 철혈가의 주요 고수들이 있었는데, 올 때와 마찬가지로 그들 앞을 지나가자니 숨이 턱턱 막히는 기분이었다.

 당곽과 함께 온 무사들은 낯빛이 아예 딱딱하게 굳어 있었다.

 그들을 가장 긴장하게 만든 이는 악마도 백운이었다. 조용한 악소나 백무영에 비해 분위기부터가 광포하기 짝이 없는 그였기에 당곽과 무사들은 한껏 긴장한 채 그 앞을 지나가야 했다.

 '호랑이굴이 따로 없구나.'

 그때였다. 당가의 무사 한 명이 바삐 뛰어왔다. 그가 당곽을 발견하고는 걸음을 멈췄다.

 당곽이 물었다.

 "네가 여긴 어쩐 일이냐?"

 "철혈가주께 곧 회의가 시작됨을 전하러 가는 길입니다."

 "그걸 너더러 전하라 했단 말이냐?"

 "전가의 가주께서 그렇게 명령을 내리셨습니다."

당곽은 미간을 좁혔다.

'벌써부터 신경전인가?'

아무리 그래도 하급 무사에게 그러한 일을 맡길 순 없었다.

"내가 전할 테니 이만 돌아가 보거라."

결국 당곽은 다시 호랑이굴을 향해 발길을 돌렸다.

* * *

당가의 대전각.

말이 대전각이지 어지간한 궁의 대전을 연상시킬 만큼 엄청난 규모를 자랑하는 그곳에 연합군의 총사로 임명된 전가의 가주 적인회와 혈가의 가주 적혼, 그리고 또 한 명의 회포인과 백야검단의 단주 사공천이 자리하고 있었다.

회포인은 월가의 가주 야월이었다.

잠시 후 남부무림을 대표하여 북궁천이 들어섰고, 귀령가의 한송과 황하수련의 가회가 차례로 자리에 앉았다.

연후는 마지막에 들어섰다.

적혼이 연후를 싸늘히 노려보며 한마디 날렸다.

"올 때도 그렇고, 지금도 그렇고⋯⋯ 혹시 주인공이 되고 싶은 병이라도 걸린 건가?"

"그런 모양이오."

연후는 무심히 대답하며 자리에 앉았다.

그런 그를 바라보는 사공찬의 두 눈이 살짝 이채를 발했다.

적인회가 나섰다.

"모두 모였으니 회의를 바로 시작하겠소. 그 전에 본인이 연합군의 총사를 맡았다는 것에 이의를 제기할 분 계시오?"

한송이 말했다.

"이의를 제기하면 총사를 바꿀 수 있소?"

"그건 벌의 원탁회의에 물어보는 게 좋을 것 같소."

한송은 차갑게 웃으며 더는 말하지 않았다.

적인회는 좌중을 한 차례 쓸어 보았다. 하지만 이의를 제기하는 사람은 없었다.

"그럼 사공단주께서 먼저 전할 말씀이 있다니 들어 보도록 하겠소."

사공천이 자리에서 일어났다.

"제가 직접 말씀을 드리는 것보다 각각의 탁자 위에 지켜야 할 것들을 적어 놓은 종이가 있으니 그걸 참고하시면 될 듯합니다."

그러고 보니 종이가 한 장씩 놓여 있었다.

연후는 이미 앉기가 무섭게 확인을 한 상태였다.

몇 가지 내용이 있었는데 간략하게 요약을 하자면 총사

의 명을 존중해 줄 것이며, 각 가문 사이의 분란은 어떠한 경우에도 용서하지 않겠다는 원탁회의의 엄중한 경고였다.

'존중이라…….'

연후는 총사의 명을 존중해 주라는 글귀가 거슬렸다. 과연 어느 정도 선까지 존중하고 따를 것인지가 명확하지 않았다.

무조건 복종은 물론 말도 안 되는 것이었다. 원탁회의도 바보가 아닌 이상 그 정도를 원하지는 않을 터였다.

연후는 종이를 내려놓고 맞은편을 응시했다. 공교롭게도 그의 맞은편에는 가회가 앉아 있었는데, 연후를 쳐다보는 눈빛이 좋을 리가 없었다.

연후는 무심히 한마디 날렸다.

"낯빛이 꽤 좋소?"

가회는 대답 대신 살기를 비쳤다.

그때 적인회의 목소리가 울렸다.

"그럼 본론으로 들어가겠소."

* * *

각 가문의 수장들이 회의를 열고 있을 때, 철우를 비롯한 각각의 호위장들은 대전각 밖에서 대기하고 있었다.

저마다 자신이 속한 조직에서는 알아주는 고수들인 까닭에 서로를 쳐다보는 눈빛이 매섭기 짝이 없었다.

다만 철우는 조금 떨어진 곳에서 아예 등을 돌린 채 다른 곳을 쳐다보고 있었다.

그런 철우를 죽일 듯 노려보는 인물이 있었다. 바로 가회의 호위장이었다.

철우는 뒤통수가 따갑고 근질거렸지만 무시했다. 처음부터 그는 아예 가회의 호위장을 쳐다보지도 않았다. 물론 두려워서가 아니라 괜히 사고를 일으키고 싶지가 않아서였다.

그때 마당으로 당곽이 들어섰다.

그가 각 가문의 호위장들을 향해 조심스럽게 말했다.

"호위장님들을 모두 옆방으로 모셔서 식사를 대접하라는 총사의 명이 계셨습니다."

그 말에 전가의 호위장이 벌떡 일어섰다.

"주군의 명이시니 속히 옆방으로 가십시다."

"난 배가 안 고픈데?"

"나 역시 생각 없소."

전가의 호위장이 미간을 좁히며 말을 이었다.

"식사 대접이 목적이 아니라는 것쯤은 알아야지 않겠소?"

"그럼 뭐가 목적이란 말이오?"

북궁천의 호위장 맹호가 거칠게 물었다.

"회의에 방해가 될 수 있으니 이곳에 있지 말라는 뜻이 아니겠소."

그때 철우가 당곽의 곁으로 다가갔다.

"어느 방이오?"

"저곳으로 드시면 됩니다."

철우는 가장 먼저 옆방으로 들어갔다.

그때 황하수련의 호위장이 한마디 날렸다.

"이럴 땐 제일 빨리 움직이네."

철우가 걸음을 멈추고 뒤돌아섰다.

둘의 시선이 허공을 격하고 얽혀들었다.

"난 피아의 구분이 너와는 조금 달라. 그러니 이후부터 함부로 지껄이지 않는 게 좋을 거야."

철우의 싸늘한 한마디에 황하수련의 호위장은 비웃음으로 맞섰다.

"흥! 그렇게 자신 있으면 지금 여기서 칼을 뽑아 보든가."

"그만들 하시오! 가문 간의 분쟁은 결코 용납하지 않겠다는 벌의 경고를 잊었소?!"

전가의 고수가 호통치며 나섰다.

맹호가 옆을 지나가며 히죽 웃었다.

"분위기 좋고!"

"후후후."

다른 호위장들도 흥미로운 표정으로 철우와 황하수련의 호위장을 쳐다보며 자리에서 일어나 옆방으로 향했다.

[설치지 마라. 그러다 죽는다.]

철우는 전음으로 경고를 날리고는 방으로 들어갔다. 마지막으로 황하수련의 호위장이 일어섰다.

당곽은 살벌하기 짝이 없는 분위기에 고개를 절레절레 흔들었다.

'이래 가지고 연합이 제대로 될지 걱정이네.'

그때 무사 한 명이 다가왔다.

"대공자, 옆방에 술도 들일까요?"

당곽은 단호히 고개를 저었다.

"아무래도 술은 곤란하겠다. 대신 군것질거리로 대체하자."

"알겠습니다."

당곽은 수장들이 모여 있는 곳과 호위장들이 들어간 방을 번갈아 응시하며 나지막이 한숨을 내쉬었다.

'이거야 원, 살벌해서 숨조차 제대로 쉴 수가 있나. 역시 이런 건 두 번은 할 짓이 못 되구나.'

* * *

군영으로 돌아온 연후의 막사로 측근들이 모였다.

그 자리에서 연후는 수뇌부회의에서 결정된 사안을 전했다.

"일단 각 가문에서 정찰에 나서기로 했다. 그건 악마전이 맡아 줘야겠다."

"알겠습니다."

"사고치지 마라, 백운."

"……예."

백운이 속내를 들킨 것처럼 머리를 긁적이자 다들 웃었다.

연후는 당가의 무사들을 돌아봤다.

"당신들이 좀 도와줘야겠소."

"예!"

부동자세로 씩씩하게 대답하는 당가의 무사들. 모두는 군기가 바짝 든 그 모습에 다시 한번 웃었다.

"저들이 다치는 일은 없도록 해야 한다, 백운."

"염려 마십시오. 셋 다 생채기 하나 없이 멀쩡하게 데리고 돌아오겠습니다."

백운이 당가의 무사들과 함께 막사를 빠져나가자 철우가 물었다.

"전가의 가주에게 전권이 주어진 것입니까?"

"그 부분에 대해서 말이 많았다. 당연히 다른 가문의 가주들 입장에서는 불만이 나올 수밖에 없었지. 해서 조만간 절충안을 마련해서 내놓는다고 하더군."

"전가가 장로원주 서문회와 손을 잡은 것이 사실이라고 봐야겠군요."

"그렇다고 봐야지."

악소가 말하고 나섰다.

"혈가와 황하수련이 어떤 식으로 나올지 모르니 일단 주군의 호위에 만전을 기해야 할 것 같습니다."

"철우 한 명이면 충분하다."

"하지만 주군……."

"됐어. 그만."

연후는 차를 한 모금 마시고는 다른 말을 꺼냈다.

"천하가 지켜보고 있다. 용맹하게 싸우되 피치 못할 상황이 아니면 가급적 책잡힐 만한 행동은 피하도록 해."

"알겠습니다."

"오늘은 여기까지만 하지."

"쉬십시오, 주군."

모두가 막사를 나가려 할 때였다.

"주군!"

막사 밖에서 익숙한 목소리가 울렸다.

연후는 물론이고 모두가 표정이 변했다. 목소리의 주인공이 육손이었던 탓이다.

육손이 막사 안으로 들어섰다.

"네가 여긴 왜 왔냐?"

백무영이 물었다.

"왜긴요. 도와 드리려고 왔죠."

육손은 특유의 해맑은 웃음을 지었다. 그런 그의 얼굴이 발갛게 상기되어 있었다. 꽤 열심히 달려온 모양이었다.

육손은 곧장 연후를 향해 머리를 조아리고는 말을 이었다.

"조련이 끝난 독수리 두 마리를 데려왔습니다."

"완벽하게 통제가 가능해졌단 말이냐?"

"예. 기대하셔도 될 겁니다."

악소가 물었다.

"놈들은 어디 있지?"

"하늘에서 놀고 있을 겁니다."

"네가 부르면 바로 내려온단 말이냐?"

"그럼요. 일단 한 놈만 불러 보겠습니다."

육손이 막사 밖으로 나갔다. 다들 육손을 따라 우르르 몰려 나갔다.

연후는 막사 안에 남았다.

잠시 후, 육손이 거대한 독수리 한 마리를 데리고 들어왔다.

연후는 독수리를 응시했다. 가장 먼저 눈에 들어온 것

은 칼날처럼 날카로운 쇠로 만든 발톱이었다.
 "혹시 모를 천적과의 싸움에 대비해 공격력을 배가시켰습니다. 그리고 적의 전서구를 사냥할 수 있게끔 속도를 다른 독수리들보다 두 배는 빠르게 향상시켰습니다."
 가뜩이나 빠른 독수리인데 두 배나 더 빠르게 향상시켰다니.
 모두가 놀람을 금치 못할 때 연후가 물었다.
 "가장 중요한 것은 소통이다. 이전의 황하수련처럼 적을 분별하는 능력도 지니고 있어야 한다."
 "에이, 제가 누굽니까. 당연히 그것부터 완벽하게 해뒀습니다."
 아이처럼 가슴을 펴며 자신만만하게 대답을 한 육손이 독수리를 향해 이상한 주문 같은 것을 중얼거렸다.
 그러자 독수리가 육손의 팔에서 훌쩍 뛰어내려 연후를 향해 다가서더니, 사람이 인사를 하는 것처럼 머리를 세 번 꾸벅거리는 것이 아닌가.
 "주군께 인사를 올리라고 했습니다."
 "오호!"
 "하하하!"
 보고도 믿을 수 없는 신기에 모두가 감탄을 금치 못했다.
 연후도 매우 만족했다.

'독수리의 수를 늘리면 적어도 정보력에 있어서만큼은 타의 추종을 불허하게 되겠군.'

철혈가로 돌아온 이후부터 가장 취약점이라 여겼던 것이 정보력이었다. 이제 독수리의 수를 늘리면 그 부분은 완벽하게 해결되고도 남을 터였다.

"황태의 상태는 좀 어때."

"외상은 거의 나았지만 여전히 기억은 돌아오지 않고 있습니다. 아, 그리고 황하수련에서 온 살수 한 놈을 사로잡았습니다."

"황하수련에서 살수를 보냈단 말이냐?"

"예. 우문적이 본 가에 있을 거라 여기고 그를 죽이기 위해 왔다고 합니다. 군사께서 심혈을 기울여서 설치한 진이 한몫 톡톡히 했습니다. 그 진이 어떤 식으로 작동을 했냐 하면……."

육손이 현진의 진이 보여 준 가공할 위력을 설명하자 모두는 놀람을 금치 못했다.

하지만 현진의 실력을 알고 있었던 연후에게는 그다지 놀랄 일도 아니었다.

"수고 많았다."

꼬르륵.

육손이 배를 슬슬 문질렀다.

"저 배고픕니다. 뭐, 먹을 것 좀 없습니까?"

＊　＊　＊

 사천당가의 하늘에 만월이 떠올랐다.
 다를 것도 없는 만월이지만 오늘따라 유난히 밝게 느껴지는 밤이었다.
 우우웅.
 연후의 손에서 광채가 일어나며 서서히 검의 형태로 바뀌어 갔다.
 광마의 검이었다.
 투둑.
 팟!
 막사 안을 날아다니던 벌레 두 마리가 빛에 이끌려 날아들었다가 한 줌 재가 되어 흩날릴 때, 연후는 감았던 눈을 떴다.
 은은한 광채를 머금었던 두 눈이 본연의 빛을 되찾자 광마의 검이 사라졌다.
 '마지막 구간만 넘으면 될 것도 같은데……'
 연후는 답답했다.
 풀지 못한 구간이 장벽처럼 느껴졌다. 그것만 넘으면 모든 것이 완벽할 텐데 그 하나를 넘기가 쉽지가 않았다.
 물론 현재의 상태만으로도 강력한 위력을 발휘할 수 있

을 테지만 그걸로 족할 순 없었다.

광마의 검이 가진 위력은 광마조차도 모른다.

연후는 그 끝이 어느 정도인지 가 보고 싶었다. 또한 가장 완벽한 상태로 만들어야 미지의 대적들을 상대할 때, 그들을 꺾을 수 있으리라.
"후욱!"
연후는 내공의 운용으로 인해 뜨거워진 몸을 식히기 위해 막사를 나섰다.
휘이잉.
잔잔한 바람이 불어 대는 군영은 각 군이 밝혀 놓은 수많은 횃불로 인해 하나의 거대한 불꽃으로 화해 있었다.
철우가 다가왔다.
"산책이라도 하시겠습니까?"
"좋지."
둘은 나란히 군영의 남쪽으로 향했다.
조금 걸어가니 검가의 군영이 나왔다. 그를 알아본 몇몇 검가의 고수들이 머리를 조아렸다.
연후는 검가의 군영 한복판에 우뚝 솟아 있는 사령막을 바라봤다.
'원하는 전력을 이끌고 왔나 모르겠군.'

수장 회의가 끝난 뒤 북궁천이 바쁜 일이 있다며 서둘러 자리를 떠나는 바람에 대화를 나눌 시간이 없었다. 그때 북궁천의 표정은 그리 밝지가 못했다.
　황하수련의 총단에서 먼저 떠날 때, 제대로 된 전력을 갖추고 오겠다며 떠났던 북궁천이었다.
　수장 회의에서 보았던 북궁천의 표정으로 미루어 짐작하건대 제대로 일이 풀리지 않은 듯했다.
　'스스로 이겨 내는 수밖에.'
　연후는 계속해서 걸었다.
　그리고 잠시 후, 다른 곳에 비해 유난히 어두운 월가의 군영이 나타났다.
　일만의 병력이 머물고 있는 군영에 불을 밝힌 횃불은 열 개가 채 넘지 않아서인지 음산한 기운마저 감돌았다. 군영 외곽에 경계를 서는 병력도 없었다.
　"귀신 놀음이라도 하고 싶은 모양입니다."
　"그런가 보지."
　마지막이 귀령가의 군영이었다.
　그곳 역시 월가와 비교해 큰 차이가 없었다. 다만 경계를 서는 병력이 곳곳에 있었고, 대화를 나누는 소리도 간간이 들려 음산한 기운은 느낄 수가 없었다.
　연후는 피식 웃었다.
　'이름만 놓고 보면 귀령가가 훨씬 더 음산해야 정상인데…….'

귀령가의 군영을 지나자 전방 먼 곳에 숲과 높은 산이 나타났다. 귀령가의 군영에서 숲과 산까지의 거리는 대략 오백 장 정도.

 혹시 모를 적의 기습에 대비하는 차원에서 나무와 풀을 모조리 잘라 놓은 드넓은 평지가 조성되어 있었다. 평지 곳곳에도 첨탑이 있고, 첨탑 위에는 사천당가의 고수들이 경계를 서고 있었다.

 철우가 말했다.

 "당가의 규모와 위용이 대단할 정도입니다. 규모도 규모이지만 무사들의 눈빛이 제법 살아 있었습니다."

 "스스로 사천의 맹주를 자처할 정도면 이 정도는 되어야겠지."

 "이들과 더불어 오대세가라 불리는 곳들도 하나같이 대단하다고 들었습니다. 구대문파도 그렇고…… 서서히 강한 문파들이 점점 늘어나는 것 같습니다."

 "중원은 백야벌과 팔대가문이 통치하기에는 너무 넓다. 언제 어디서 강력한 세력이 출현한다 해도 이상할 건 없다."

 "구대문파나 오대세가가 누구와 손을 잡는지도 매우 중요해질 것 같습니다. 당장 사천당가만 하더라도 휘하에 들이면 상당한 도움이 될 테니 말입니다."

 연후는 묵묵히 고개를 끄덕였다.

그런 그의 머릿속에 청공의 화산파와 진명의 무당파가 떠올랐다.

 철혈가에서 머물던 그들은 북부가 서북무림을 병합하고 황하수련까지 몰아낸 이후 각자의 터전으로 돌아갔다.

힘을 길러 반드시 은혜를 갚겠습니다.

'그들을 키워 줘야 할까?'

 철우의 말을 듣고 보니 불현듯 그러면 어떨까 하는 생각이 들었다.

 휘이잉!

 산쪽에서 불어오는 바람이 제법 차가웠다.

 연후는 서장무림이 있을 것으로 예상되는 산맥을 바라보며 바람에 몸을 맡겼다.

 그러기를 얼마나 지났을까?

 뒤쪽에서 미세한 기척이 전해졌다.

 철우가 검파에 손을 얹으며 돌아섰다. 하지만 연후는 미동조차 않았다.

 잠시 후, 어둠 속에서 모습을 드러내는 그림자들이 있었다. 연후와 철우를 발견한 그림자들이 한순간 흠칫하며 그 자리에 멈췄다.

한 청년과 장한이었다.

장한이 검파에 손을 얹으며 나지막이 외쳤다.

"누구냐!"

"북부의 주군이시다. 예를 갖춰라."

철우의 싸늘한 대꾸에 장한이 검파에 얹었던 손을 내리며 포권을 취했다.

"몰라뵈었습니다."

연후는 그제야 돌아섰다.

그를 향해 청년이 포권을 취하며 살짝 머리를 숙였다.

"전가의 적유명이 가주를 뵙습니다."

청년은 전가의 대공자 적유명이었다. 원래 다른 이름이었지만 최근에 개명을 한 적유명의 눈빛은 어둠 속에서도 정광을 발하고 있었다.

"이연후요."

"저희가 괜히 방해를 한 것은 아닌지 모르겠습니다."

"아니오. 막 돌아가려던 참이었으니 괘념치 마시오."

"아, 예."

"그럼 또 봅시다."

연후는 군영이 있는 곳으로 걸음을 떼었다.

철우가 그 뒤를 따르며 적유명의 옆에 태산처럼 서 있는 장한을 직시했다.

장한도 시선을 피하지 않았다.

잠시 후 철우가 물었다.

"어떻게 보셨습니까?"

"전가의 대공자 말이냐?"

"예."

"너는 어떻게 보았지?"

"검가의 대공자보다는 한 수 위일 것 같다는 느낌을 받았습니다. 저 나이에 주군을 보고도 눈빛 하나 흔들리지 않는 자는 처음 봅니다."

"너무 크게 봤다."

"……예?"

"북궁 대공자는 아직 자신의 실력을 다 드러내지 않았다. 아니지, 드러내지 않은 게 아니라 자신의 능력을 온전히 다 모른다고 하는 게 옳겠군. 어쨌든 잠재되어 있는 능력을 다 발휘하게 되는 날이면 아버지 검신의 수준에 오를 수 있을지도 모른다."

"그 정도입니까?"

연후는 묵묵히 고개를 끄덕였다.

"내가 잘못 보지 않았다면."

* * *

적유명은 천천히 멀어지는 연후의 뒷모습에서 눈을 떼

지 못했다.

"놀랍군."

"뭐가 말입니까?"

"철혈가주의 분위기 말이다."

"속하의 눈에는 딱히 특별할 것도 없던데……."

적유명은 미간을 좁히며 말을 이었다.

"마치 어둠과 하나인 것 같은 느낌이었다. 마치 그가 손짓을 하면 어둠이 나를 향해 몰려들 것 같다는 느낌이랄까?"

"그 정도…… 였습니까?"

장한은 여전히 이해가 가지 않는다는 듯 고개를 갸웃거렸다.

"그만 가자."

"벌써요? 이제 막 산책을 나오셨는데……."

"산책할 마음이 싹 사라져 버렸다."

적유명은 군영이 있는 곳으로 향했다. 그런 그의 머릿속에서 연후의 얼굴이 떠나지 않고 있었다.

　　　　＊　＊　＊

사천성 서남부 산악 지대.

서장으로 이어지는 그곳은 사람의 발길이 거의 닿지 않

은 처녀림이었다.

 밀도가 높은 숲에 온갖 독충들이 우글거렸고, 한 번 빠지면 절대 헤어나지 못하는 늪이 곳곳에 숨어 있어 어지간한 무림인이라도 감히 들어설 엄두조차 낼 수 없는 죽음과 공포의 공간이었다.

 그곳으로 연합군의 정찰 병력이 뛰어들었다.

 네 조로 편성된 정찰 병력은 지역을 나눠 서장무림의 병력을 찾아 산악 지대 깊숙한 곳으로 들어갔다.

 백운과 악마전은 백야벌의 백야검단과 한 조를 이루어 움직였다. 백야검단은 대주 마용의라는 인물이 이끌었다.

 백야검단은 악마전과 숫자를 맞추기 위해 서른 명을 뽑았고, 저마다 추격과 추적에 특화된 노련한 자들이었다.

 두 집단을 선두에서 이끄는 이들은 당가의 무사들이었다. 지리에 밝은 그들이 없었으면 어쨌을까 하는 생각이 절로 들 정도로 지형은 험했고, 곳곳에 위험이 도사리고 있었다.

 그리고 그중에서도 가장 위협스러운 건 이름조차 모를 온갖 독충들이었다.

 퍽!

 악마전의 대원 하나가 나무를 타고 올라가던 독사 한 마리를 토막 내고는 혀를 내둘렀다.

"지옥이 따로 없군."

당가의 무사가 나지막이 경고했다.

"뱀보다는 눈에 잘 띄지 않는 독거미가 위험합니다. 각별히 조심하도록 하십시오."

"빌어먹을. 아예 호신강기를 두른 채 움직여야 하나?"

"한겨울인데 날씨는 또 왜 이렇게 더워."

멀지 않은 곳에 운남성이 있고, 밀도가 높은 숲 때문에 바람 한 점 들이치지 않아서 그런지 날씨가 상당히 후덥지근했다.

투덜대는 악마전과는 달리 백야검단의 대원들은 조용했다. 오히려 그들은 기척을 감출 노력을 하지 않는 악마전의 대원들을 못마땅한 눈으로 노려보기도 했다.

그러다가 눈이 마주쳐 묘한 분위기가 형성되기도 했지만 충돌은 없었다. 백운이 사고치면 알아서 하라며 단단히 경고를 해 두었던 까닭이다.

백운은 당가의 무사들 바로 뒤에서 움직이며 정찰에 집중했다. 그에게서 이십 장 정도 떨어진 곳에서 마용의가 움직이고 있었다.

둘 사이에는 보이지 않는 팽팽한 기운이 감돌았다. 대원들이 저마다 휴식을 원했지만 상대가 먼저 쉬자는 말을 할 때까지 기다리는 중이었다.

유치하기 짝이 없는 신경전이었다.

백운은 피식 웃었다.

'우리가 괜히 악마전이라 불리는 줄 아나? 어디 너희들이 언제까지 버티는지 두고 보마.'

퍽! 퍽!

곳곳에서 칼질하는 소리가 울렸다. 뱀과 독충들을 잡는 소리였다.

그렇게 시간이 얼마나 흘렀을까. 앞서 이동하던 당가의 무사들이 뒤를 돌아보며 말했다.

"아직 살펴봐야 할 곳이 많은데 이쯤에서 휴식을 취하시는 게 좋지 않겠습니까? 더위 때문에 지치면 집중력에 문제가 생길 수도 있습니다."

그 말에 백운과 마용의가 동시에 서로를 쳐다봤다. 백운이 먼저 물었다.

"어쩌시겠소?"

"귀하들이 하자는 대로 하겠소."

'망할 새끼가 끝까지.'

백운은 질 수 없었다.

"다른 가문에 공을 빼앗길 수 없으니 조금 더 움직입시다."

"그러시죠."

뒤에서 양측 대원들의 한숨 소리가 연이어 들려왔지만 둘은 아랑곳하지 않았다.

그들을 구원한 것은 당가의 무사들이었다.
"죄송합니다만 저희들이 지쳐서 곤란할 것 같습니다."
"어이, 힘들어도 좀 참아 봐."
심드렁하게 말한 백운은 마용의가 무슨 말을 할지 기다렸다.
그때였다.
"안내를 해야 하는 자들이 지치면 곤란하니 적당한 곳에서 휴식을 취하는 게 좋겠습니다."
'흐흐흐.'
백운은 속내를 감추며 짐짓 미간을 좁혔다.
"그렇다면 어쩔 수 없지. 다들 휴식을 취할 만한 곳을 찾는다."
"예."
양측 대원들의 얼굴에 안도의 빛이 어려 가는 것을 둘은 보지 못했다.
잠시 후, 상대적으로 밀도가 덜한 곳에서 양측은 휴식을 취했다. 벌써 몇몇은 물주머니가 동이 나 있었다.
당가의 무사들이 경고했다.
"저 옆에 작은 못이 있는데, 물을 기를 때 빠지지 않게 조심하셔야 합니다. 이곳 늪은 중수(重水)가 섞여 있어서 무림인들도 깊게 빠지면 빠져나오기가 매우 어렵습니다."

마용의가 물었다.

"중수가 섞여 있단 말인가?"

"그렇습니다."

중수는 악마의 물이라고도 일컬어졌다.

깃털조차 순식간에 집어삼키는 위력을 지녔는데, 겉보기에는 보통의 물과 조금도 다르지 않아서 더 위험했다.

"젠장! 별게 다 있네."

몇몇 대원들이 물주머니를 끌러 못으로 향했다.

한편 마용의는 백운과 악마전의 정체가 매우 궁금했다.

그는 백운이 악마도이며, 악마전이 불과 얼마 전까지 악마대라 불리던 난폭한 집단이라는 것을 전혀 모르고 있었다.

'누굴까?'

일만 명에 선별된 북부의 정예이니 분명 평범한 무사들은 아니겠지만, 그것을 고려하더라도 이들이 내뿜는 분위기는 결코 예사롭지가 않았다.

멋모르는 이들은 그저 거칠고 험악하다고 느낄지 모르겠지만, 마용의는 악마전에게서 전해져 오는 알 수 없는 중압감에 오싹함마저 느꼈다.

'벌의 정보망에도 저러한 자에 대한 내용은 없었는데…….'

백야벌은 모든 가문에 대한 정보를 갖고 있었다. 가주는 물론이고 주요 고수들과 병력의 수, 그리고 어떠한 병법을 사용하며 가장 강력한 전력은 또 무엇인지 등등…….

그 모든 정보를 머릿속에 꿰고 있는 마용의였지만, 백운에 대한 정보는 아무리 뒤져 봐도 나오지가 않았다.

'북부무림에 일당천의 고수가 많다더니…… 한낱 정찰에 나선 자마저도 예사롭지가 않구나.'

서로 간에 충돌은 불허한다.

마용의는 단주 사공천의 경고를 떠올리며 건량으로 허기를 달랬다.

그러기를 얼마나 지났을까?

"으악!"

바람을 타고 아련한 비명성이 흘러들었다.

고수가 아니면 절대 들을 수 없을 만큼 미약했지만 마용의는 똑똑히 들을 수 있었다.

마용의는 재빨리 백운을 돌아봤다. 백운은 이미 자리에서 일어서고 있었다.

"다른 조가 적과 마주친 것 같군. 다들 일어서라."

마용의는 자리를 털고 일어서는 악마전의 대원들을 보며 나지막이 말했다.

"움직인다."

파파팟!

백운이 앞서 움직였다.

움직인다 싶더니 숲 위쪽으로 올라가 순식간에 까마득한 거리를 달려 나가자 마용의의 두 눈에 놀람의 빛이 내려앉았다.

'역시……'

그는 대원들을 돌아보며 지시했다.

"뒤처지지 않도록 해라."

"예, 대주."

그러고는 숲 위로 뛰어올라 백운을 쫓아 맹렬히 달려 나갔다. 그런 그의 곁을 바로 따라붙는 인물이 있었다.

부전주 부차였다.

그는 마용의를 돌아보며 씩 웃어 보였다.

마용의는 내심 크게 놀랐다.

'내가 먼저 달렸는데 벌써 따라붙다니……'

* * *

참혹하게 뜯겨 나간 머리와 뼈가 보일 정도로 갈라진 가슴.

전가의 무사들은 동료의 참혹한 모습에 몸을 떨었다.

그렇게 죽어 간 동료가 세 명.

그야말로 순식간에 벌어진 일이었다.

"봉두난발에…… 엄청난 덩치를 지닌 한 명의 괴인이 었습니다. 노, 놈이 다짜고짜 달려들어서 무, 무기도 아닌 쇠갈고리처럼 생긴 손으로 동료들을 저렇게 만들어 버렸습니다!"

함께 움직이다가 유일하게 살아남은 자는 멀쩡했다. 하지만 귀신이라도 본 것처럼 전신을 사시나무 떨 듯하고 있었다.

"한 명에게 당했단 말이냐!"

"부, 분명 한, 한 명이었습니다!"

모두가 불신에 찬 표정을 감추지 못했다.

죽은 동료들은 하나같이 고수였다. 아무리 상대가 고수라도 이런 식으로 무참히, 그것도 한꺼번에 당했다는 사실이 도무지 믿기 어려웠다.

"빌어먹을. 대체 어떤 놈이……."

"서장무림에 마승들이 많다고 들었는데, 놈들의 소행이 아니겠습니까?"

"저들을 저렇게 만들 정도의 고수가 한낱 정찰에 나섰단 말이냐?"

"……."

그때였다.

뒤쪽에서 바람 가르는 소리가 울리자 전가의 무사들이

일제히 검파에 손을 얹으며 돌아섰다.

그런 그들의 앞으로 백운이 떨어져 내렸다. 수장인 듯한 자가 싸늘히 외쳤다.

"누구냐!"

"대주님, 북부무림입니다."

수하의 말에 싸늘히 외쳤던 인물이 눈빛을 풀었다.

백운은 그들은 아랑곳하지 않고 참혹하게 죽어 있는 자들을 내려다봤다.

'이건 뭐, 그냥 난도질을 해 버렸군.'

그때 마용의가 떨어져 내렸다. 그도 참혹한 시신을 발견하고는 미간을 좁혔다.

그를 알아본 전가의 수장이 머리를 숙였다.

"어서 오십시오, 대주."

"어떻게 된 일입니까?"

마용의의 물음에 전가의 수장이 짤막하게 설명했다. 설명을 듣던 백운의 눈빛이 한 차례 기광을 번뜩였지만 그것을 본 사람은 아무도 없었다.

'쇠갈고리처럼 생긴 손이었다고?'

백운의 머릿속에 떠오른 건 황하수련의 총단에서 봤던 괴인들이었다. 전가의 생존자가 전하는 흉수의 모습은 그들과 매우 흡사했다.

그때 눈앞에서 벌어졌던 광경을 떠올리자 백운은 온몸

에서 소름이 쫙 올라왔다.

연후의 공격을 정통으로 얻어맞고도 죽지 않고 달아났던 괴인들이 아닌가.

물론 괴인 하나는 강으로 떨어졌다가 연후에게 죽었지만 다른 놈들은 그곳에 없었다.

'놈들은 아니다. 이지가 없는 놈들이 이 먼 곳까지 내려올 순 없을 것이다. 하지만 인상착의가 꽤 비슷한데…….'

백운의 머릿속이 복잡해질 때, 마용의가 전가의 수장에게 물었다.

"정찰을 계속할 수 있겠소?"

"이대로 물러날 순 없습니다."

"그래도 시신은 본진으로 옮겨야지 않겠소?"

"본 가는 전장에서 죽은 동료의 시신을 수습하지 않습니다."

이제 놀람이 가셨는지 전가의 무사들 모두가 진한 살기를 내뿜고 있었다.

그때 좌측 숲에서 한 무리의 청포인들이 나타났다. 전가와 한 조를 이룬 검가의 무사들이었다.

마용의가 그들을 향해 물었다.

"다들 무사하시오?"

"예. 비명을 듣고 달려오는 길인데, 대체 어떻게 된 일입니까?"

전가의 수장이 대꾸하지 않고 수하들을 향해 외쳤다.

"전진한다!"

전가의 무사들이 움직이기 시작했다.

백운은 낯빛이 변해 가는 검가의 무사들을 응시하며 미간을 좁혔다.

'이 조는 분위기가 개판이군.'

전가의 태도로 확연히 알 수 있었다. 그들이 검가의 고수들을 무시하고 있다는 것을.

마용의가 검가의 무사들에게 경고했다.

"숲속에 적으로 추정되는 고수가 돌아다니고 있으니 다들 조심하시오."

"몇 명입니까?"

"한 명이라고 들었소."

"그렇군요. 알겠습니다. 하면 저희도 이만."

검가의 무사들이 전가를 쫓아 사라지자 악마전이 허공에서 떨어져 내렸고, 조금의 시간을 두고 백야검단의 무사들도 현장에 도착했다.

"어이쿠야! 어떤 놈인지 모르겠지만 사람을 갖고 아주 지랄을 해 놨네."

부차가 시신을 보고는 혀를 내둘렀다.

마지막으로 도착을 한 당가의 무사들은 낯빛이 창백하게 변했다.

백운은 마용의를 돌아봤다.

"우리도 그만 움직여야지 않겠소?"

"알겠소."

당가의 무사 하나가 말하고 나섰다.

"곧 있으면 폭우가 쏟아질 겁니다. 대략 반 시진 정도면 그칠 텐데, 그때까지는 움직이지 않는 게 좋을 것 같습니다."

"날도 후덥지근한데 오히려 잘됐네. 정찰을 재개한다."

백운이 성큼 걸어 나가자 악마전이 뒤를 쫓았다.

마용의가 난감해하는 당가의 무사들을 돌아보며 말했다.

"어서 앞장서게."

"……예."

정찰이 재개되었다.

그리고 잠시 후, 또다시 먼 곳에서 처절한 단말마가 울렸다.

"으악!"

"크아악!"

2장
독수리를 숨겨라

독수리를 숨겨라

 정찰 재개에 나섰던 백운은 다시 비명이 울린 곳으로 몸을 날렸다.
 '이제 그때 그 괴인인지 확인할 수 있겠군.'
 백운은 전속으로 달렸다.
 동시에 몸을 날렸던 마용의와의 거리가 순식간에 벌어졌다.
 얼마나 달렸을까?
 파팟!
 전방의 숲을 헤치며 뛰쳐나오는 자들이 있었다.
 한눈에 중원인들이 아님을 알아본 백운의 대도가 허공을 갈랐다.
 퍼퍽!

"크악!"

"끄아악!"

몇 명이 용케 백운을 지나쳤지만, 바로 뒤를 따라오던 마용의의 검이 그들을 기다리고 있었다.

번쩍!

"크아악!"

"끄악!"

숲 너머에서 싸우는 소리가 울렸다.

까가강!

"크악!"

"쳐라! 한 놈도 놓치지 마라!"

숲을 넘어간 백운의 눈에 숲 곳곳에서 치열하게 싸우고 있는 전가와 검가, 그리고 서장무림의 고수들이 보였다.

'괴인은 아닌 모양이군.'

백운은 나무 위로 내려섰다.

마용의가 그의 옆으로 떨어져 내렸다.

"도와야지 않겠소?"

"자존심으로 먹고사는 족속들인데 그냥 내버려 둡시다. 괜히 도와주려 했다가 좋은 소리 못 듣소."

전가를 두고 한 말이었다.

백운의 말이 일리가 있다고 생각한 마용의는 곧장이라도 뛰어들 듯 내밀었던 몸을 제자리로 돌렸다.

수적 우위를 점하고 있는 전가와 검가가 상대를 압도하고 있는 상황에서 구태여 나설 필요성을 느끼지 못한 것이다.
　백운이 중얼거렸다.
　"적의 정찰 병력과 맞닥뜨린 모양인데……."
　그는 중얼거리며 남쪽을 바라봤다.
　남쪽은 지금까지 지나왔던 어떤 곳보다 울창한 숲이 광활하게 펼쳐져 있었다. 기괴하게도 어떤 곳은 해가 쨍쨍하고, 어떤 곳은 폭우가 쏟아지고 있었다.
　'귀신이 살기에 딱 좋은 곳이군.'
　콰콰콱!
　"크아악!"
　"끄악!"
　"개새끼들! 감히 여기가 어디라고 기어 들어와! 모조리 죽여 버려!"
　전가의 무사들은 광포했다.
　그리고 잔혹했다. 전의를 잃고 항복하려는 적들마저 그들은 가차 없이 죽이고 있었다.
　"그래도 몇 놈은 잡아서 족쳐 봐야지. 쯧쯧쯧."
　"옳은 지적이오."
　팟!
　마용의가 전장으로 뛰어내렸다.

뒤이어 한 서장무림의 고수를 공격하더니 팔 하나를 자르고는 신속하게 제압했다.

씨익.

백운이 이를 드러내며 웃었다.

"백야검단의 대주면 저 정도는 되어야지."

잠시 후, 교전은 저항하던 서장무림의 고수들이 남쪽으로 도주하면서 막을 내렸다.

뒤를 쫓을 거라 봤던 전가가 자리를 지키자 백운의 두 눈에 이채가 어렸다.

"그래도 냉철함은 잃지 않았군."

백운은 그제야 현장으로 뛰어내렸다.

그는 전가부터 살폈다. 사상자가 있었지만 그 수는 몇 명 되지 않았다.

하지만 그것조차도 용납할 수 없었는지 전가의 모두는 한껏 굳어 있었다.

우측 숲에서 싸웠던 검가가 다가왔다.

전가와는 감정부터가 달랐던 백운이 무사들을 이끄는 수장을 돌아보며 물었다.

"다들 괜찮소?"

"예. 몇 명이 부상을 입었지만 걱정할 정도는 아닙니다."

묵묵히 고개를 끄덕인 백운이 전가와 검가의 무사들을 한 차례 쓸어 보고는 말을 이었다.

"오늘은 여기까지만 하는 게 좋겠소. 더 깊숙이 들어갔다가는 귀신이 되어 나올 수도 있으니 이만 돌아갑시다."

"여기까지 와서 그냥 돌아갈 순 없소!"

전가의 수장이 거부했다. 달궈진 그의 몸이 뿜어내는 하얀 수증기에서 땀 냄새가 진동했다.

백운은 담담히 말했다.

"몇 놈이 빠져나갔으니 적의 본대가 곧 우리의 존재를 알게 될 거요. 동료를 잃은 마음은 이해하지만 그만 돌아갑시다."

"돌아가고 싶으면 당신들이나 돌아가시오!"

버럭 소리를 지른 전가의 수장이 검가 쪽을 돌아봤다. 그러자 검가의 수장이 진중한 어조로 말했다.

"본인도 저분과 같은 생각이오. 지금은 모두의 안전을 생각해야 할 때인 것 같소."

"흥! 내 그럴 줄 알았소. 어차피 당신들이야 북부가 하자면 무엇이든 할 사람들이니까."

"뭐요?"

그때 마용의가 나섰다.

"이분의 말씀이 옳소. 더 들어가는 것은 너무 위험하니 이만 돌아가는 게 좋겠소."

"……!"

마용의가 나서자 전가의 수장은 얼굴을 떨며 입을 굳게

다물었다. 철혈가와 검가는 무시할 수 있어도 백야별은 그럴 수 없었던 것이다.

꽈악!

전가의 수장이 어금니를 악물더니 수하들을 향해 외쳤다.

"귀대한다!"

척!

그렇게 전가의 수장이 돌아서려던 그 순간, 그의 어깨를 잡은 우악스러운 손길이 있었다.

백운이었다.

"조금 전 그 말…… 사과해야겠는데?"

"무슨 짓이오!"

전가의 수장이 잡힌 어깨를 빼려 했지만 요지부동이었다. 오히려 강력한 힘에 뼈가 으스러질 것 같은 압박감이 밀려들자 얼굴이 벌겋게 달아올랐다.

"그 손 놓으시오!"

전가의 무사들이 일제히 무기에 손을 가져갔다.

그걸 보고도 가만있을 부차가 아니었다.

"이 새끼들이 뒈지려고 환장을 했나."

그때였다. 전가의 무사들 중 한 명이 부차를 보더니 낯빛이 딱딱하게 굳어졌다.

그는 북부무림이 사천당가의 군영으로 들어설 때 부차와 가벼운 시비가 붙었던 자였다.

'……!'

무사의 두 눈이 자연스럽게 백운을 향해 돌아갔다. 뒤이어 헛바람을 들이켜고는 황급히 전음을 날렸다.

[대주! 그 사람…… 악마도인 것 같습니다!]

귓속으로 흘러든 전음에 전가의 수장은 낯빛이 홱 변했다.

'악마도라고……?'

"사과하지 않으면 여기서 한 발자국도 움직이지 못한다. 너와 네 졸자들 모두."

버틸까, 아니면 숙일까?

그러한 고민은 전혀 없었다.

"수하들의 죽음 때문에…… 감정이 격해져서 해선 안 될 말을 한 것 같소. 사과…… 하겠소."

백운은 그제야 어깨를 잡았던 손을 풀었다.

그는 한마디 경고를 잊지 않았다.

"이 전쟁이 끝날 때까지 우리 모두는 전우다. 이후 한 번만 더 전우를 모욕하는 말이나 행동을 한다면 우리가 왜 악마라고 불리는지 몸소 경험하게 될 거다."

* * *

한편 저항을 포기하고 도주하던 서장무림의 고수들은 난데없이 앞을 막으며 나타난 괴인을 향해 다짜고짜 공격을 퍼부었다.

키키키.

괴인은 날아드는 검과 도를 보면서 섬뜩한 괴소를 흘릴 뿐, 손끝 하나 움직이지 않았다.

까가강!

쾅!

검과 대도가 쇳소리와 함께 튕겨져 나갔다.

"헉!"

"이, 이게 뭐냐!"

키키키.

콱!

괴인의 우수가 한 서장 고수의 머리를 움켜쥐었다. 뒤이어 퍼석 하는 소리와 함께 머리가 수박처럼 터져 나가자 다른 자들은 기겁을 하며 사방으로 흩어졌다.

키키키!

퍽!

"크아악!"

도살이 시작되었다.

* * *

예상치 못한 교전으로 전가의 무사들 사이에 전사자가

발생했을 때, 혈가와 황하수련 쪽에서는 그 이상의 막대한 피해가 발생했다.

각각 마흔 명씩 정찰에 나섰는데, 살아서 돌아온 자는 스무 명이 채 되지 못했다. 이동 중이던 서장무림의 병력과 교전을 벌였다가 궤멸에 가까운 피해를 입은 것이다.

연후는 백운에게 보고를 받으며 묵묵히 찻잔을 기울였다.

"이로써 남부 산악 지대에 적이 있다는 것은 확실해졌군."

"그래도 본진을 확인해야지 않겠습니까?"

"그래야겠지. 그나저나 사고 친 건 아니겠지?"

"에이, 제가 무슨 어린앱니까?"

"그놈의 성질머리가 때로는 어린애보다도 못하니 하는 소리다."

"……사고 안 쳤습니다."

"정말이냐?"

"애들한테 물어보십시오!"

백운이 펄쩍 뛰자 철우가 한마디 보탰다.

"부차한테 물어봤는데 별일 없었다고 합니다."

그때였다. 육손이 막사 안으로 들어섰다.

저녁나절부터 보이지 않았던 육손이라 철우가 대뜸 물었다.

"지금껏 어디 갔다고 이제야 오는 거냐?"

"독수리들하고 좀 놀다 왔습니다. 아무래도 놈들도 이곳 지리를 좀 파악해 둬야 할 것 같아서요."

육손이 연후에게 다가서며 뭔가를 내밀었다. 전서용으로 사용하는 손가락만 한 연통이었다.

"적의 전서구 한 마리를 잡았습니다."

연후는 육손이 내민 연통을 열어 그 안에 돌돌 말려 있던 종이를 꺼내어 펼쳤다.

글씨가 빼곡하게 적혀 있었지만 서장의 언어로 되어 있어서 무슨 내용인지는 알 수가 없었다.

"서장어에 능통한 사람을 찾아봐야겠군."

"저희 악마전에는 없고, 혈왕군에게 한번 물어보겠습니다."

"서두르도록 해."

"예."

연후는 육손을 응시하며 말을 이었다.

"이 전쟁이 끝날 때까지 독수리의 능력은 우리만 알고 있어야 한다."

"……예?"

"지금은 연합군이라는 명목으로 한편이 되었지만 언제 적이 되어도 하나 이상할 것이 없는 자들이다. 독수리는 그들과의 경쟁에서 매우 중요한 전력이 되어 줄 것이다."

"아……그러니까 우리의 중요한 전력을 미리 노출시킬 필요는 없겠군요."

연후는 묵묵히 고개를 끄덕였다.

철우가 그를 보며 말했다.

"주군, 곧 있으면 회의가 시작됩니다."

"시간이 벌써 그렇게 됐나?"

"예. 지금 바로 가셔야 할 것 같습니다."

연후는 찻잔을 마저 비우고는 겉옷을 걸치고 막사를 나섰다.

밖에 나가니 세상이 붉게 물들어 가고 있었다. 연후는 석양이 드리운 벌판의 서쪽을 잠시 바라보다가 당가의 본 채가 있는 곳으로 향했다.

각 군영에서 무사들이 빠져나가고 있었다. 야간 정찰에 나서는 무사들이었다.

북부는 백무영이 스무 명의 혈왕군과 함께 이미 정찰에 나선 상태였다.

느긋하게 걸어가던 연후는 전방 우측에서 모습을 드러내는 가회를 발견하고는 눈빛을 발했다.

뒤이어 마찬가지로 연후를 발견한 가회 또한 살기 어린 눈빛으로 노려보았지만, 연후는 아랑곳하지 않고 걸었다.

거리가 가까워지자 가회와 호위들은 다른 곳으로 방향

을 틀어 금방 연후의 시야에서 사라졌다.

"어쩌면 이번이 놈을 사로잡을 절호의 기회일 수도 있겠습니다."

"그래서 방법을 생각 중이다."

철우는 내심 감탄했다.

'역시 생각하고 계셨구나.'

그때 좌측에서 전가의 가주 적인회가 모습을 드러내었다. 둘은 서로를 향해 눈짓으로 인사를 대신했다.

철우와 적인회의 호위장 적태산은 아예 서로를 쳐다보지도 않았다.

* * *

사천당가의 대공자 당곽은 정찰을 나갔다가 돌아온 무사들의 말을 들으며 두 눈을 부릅떴다.

"지금…… 악마도라고 했느냐?"

"예. 돌아오는 길에 전가의 무사들이 수군거리는 말을 들었는데, 저희와 함께 정찰에 나섰던 북부 병력이 악마대라고 했습니다. 하면 그들을 이끄는 분은 당연히 악마도가 아니겠습니까."

"그럴 테지."

당곽은 가슴이 뛰었다.

악마도 백운.

그 이름을 듣고 어찌 가슴이 뛰지 않을까.

'혈왕도 오셨으면 좋았을 텐데······.'

당곽이 가장 존경하는 무인은 바로 혈왕 신휘였다. 그를 직접 만나 보는 것이 필생의 염원일 정도로 신휘를 가슴 깊은 곳에 담아두고 있었다.

'철혈가주는 어떻게 그런 엄청난 분들을 휘하에 거느릴 수 있었던 걸까?'

"대공자님."

"······왜?"

"철혈가주께서 오십니다."

당곽은 재빨리 표정과 자세를 고쳤다.

오늘 그가 해야 할 일은 대전각의 정문에서 각 가문의 수장들을 회의장으로 안내하는 것이었다.

당곽은 정문을 응시했다.

연후가 막 정문을 넘어서고 있었다.

당곽의 시선은 연후에게서 그 뒤를 따라 들어서는 철우의 얼굴로 향했다.

'철혈가주께서 움직이실 때 항상 저분이 함께하고 계셨다. 하면 저분이 혹시······.'

무림에 새로운 전설로 회자되고 있는 한 가지 사건이 당곽의 머릿속에 떠올랐다.

서북무림의 주군가인 벽력가로 쳐들어가 장로원주의 목을 베어 벽력가에 던져 버렸다는 철혈가의 호위 무사.

무인의 피를 끓게 만드는 전설의 주인공이 눈앞의 철우일 거라는 생각이 들자 당곽의 가슴은 다시 요동치기 시작했다.

두근두근.

* * *

총사 적인회가 좌중을 향해 말했다.

"적의 본진을 찾아내었소."

모두가 놀란 표정으로 적인회를 주목했다.

정찰에 나섰던 무사들이 피해만 입고 돌아온 까닭에 분위기가 뒤숭숭했던 터라 놀람은 더했다.

적인회가 말을 이었다.

"본 가의 무사들이 별도로 정찰을 계속해 왔는데, 다행히 적의 본진을 찾아낼 수 있었소. 해서 공격 시점을 두고 논의를 할까하오."

"적의 본진이 확실합니까?"

북궁천이 물었다.

적인회의 얼굴에 불쾌함이 드러났다.

"믿지 못하겠거든 자네가 직접 가서 확인을 해 보시게!"

"말씀이 심하십니다. 지금 저는 검가와 남부무림을 대표하여 이 자리에 참석한 것입니다. 하니 호칭을 제대로 해 주시지요, 가주!"

"……!"

모두가 의외라는 표정으로 북궁천을 응시했다. 연후는 옅은 미소를 머금었다.

'확실히 좋아지고 있어.'

그는 적인회를 향해 한마디 했다.

"북궁가주의 말씀이 옳은 것 같소. 총사는 예를 갖춰 주시오."

"동감이외다."

귀령가의 가주 한송마저 거들고 나서자 적인회의 눈가가 가는 경련을 보였다. 그는 연후와 북궁천을 번갈아 응시하고는 말했다.

"검신의 그림자가 워낙에 컸던 까닭에 미처 그 부분을 살피지 못했소. 미안하외다."

회의는 꽤 오랫동안 이어졌다.

격론 끝에 공격 시점이 정해졌다. 또한 각 가문이 맡아야 할 역할과 연계 부분에 대한 세밀한 작전도 마무리 지었다.

회의가 끝나고 돌아가는 길에 연후는 북궁천에게 물었다.

"원하는 만큼 전력을 갖췄소?"

"원하는 만큼은 아니지만 그래도 다른 가문과 격을 맞출 정도의 선까지는 보강할 수 있었습니다."

"다행이오."

남부무림은 정찰에 나섰을 때와는 달리 귀령가와 연합하기로 결정이 난 상태였다. 북부무림은 단독으로 움직이되 비상 상황이 발생하면 어느 곳이든 지원을 하는 역할을 맡았다.

공을 세울 기회를 다른 가문에게 내준 셈이었지만 연후는 대수롭지 않게 여겼다.

오히려 그는 만족했다.

'전공은 얼마든지 가져가라지.'

공을 세울 기회는 후순위로 밀렸지만, 달리 보면 선봉에 서지 않아도 되니 상대적으로 초전에 가장 많이 발생할 피해를 피해 갈 수 있다는 이점을 얻게 된 것이다.

사실 이 부분은 의외였다.

'서문회와 손을 잡고 우리를 견제할 목적이면 차라리 우리 북부를 선봉에 세워 피해를 줬어야 했다. 후후후.'

서북과 황하수련과의 연이은 전쟁에서 피해를 최소화하는 작전을 선호해 온 연후로서는 어쩌면 최상의 결과라 할 수 있었다.

"남부무림과 검가의 무운을 빌겠소."

"감사합니다."

연후는 북궁천과 헤어지고 곧장 군영으로 향했다.

철우가 곁을 따르며 물었다.

"전 병력이 한꺼번에 나서는 겁니까?"

"그러기로 결정했다. 모두가 한 방에 끝장을 보는 것을 선호하니 어쩌겠느냐."

"적의 병력을 제대로 파악하지도 못한 상황에서 전면적인 공격은 좀 위험하지 않겠습니까?"

"천하를 호령하던 저들에게 그런 상식은 통하지 않는다. 저들의 자존심, 아니 오만은 세상이 보는 그 이상이다."

"그렇겠군요. 어쨌든 이번 기회에 다른 가문의 힘을 엿볼 수 있겠습니다."

연후도 같은 생각이었다. 이번 기회를 통해 다른 가문의 힘을 제대로 확인해 볼 참이었다.

잠시 후, 군영으로 돌아온 연후는 측근들을 불러 놓고 회의를 가졌다. 회의는 새벽녘이 되어서야 끝났다.

* * *

다음 날 아침.

혈왕군 한 명이 연후의 막사를 찾아왔다. 서장어에 능

통한 무사였다.
 그는 육손이 가져온 적의 전서를 즉각 해석했다.
 전서의 내용은 뜻밖이었다.

도검이 통하지 않는 괴인에 의해 상당한 피해가 발생했습니다. 봉두난발에 쇠갈고리처럼 생긴 손을……後略.

 연후는 미간을 좁혔다.
 '그때 그놈들 중 하나일까?'
 자연스럽게 황하수련의 총단에서 부딪쳤던 괴인들이 떠올랐다. 봉두난발을 한 괴인은 많을 수 있지만 쇠갈고리처럼 생긴 손은 특별할 수밖에 없었다.
 "그때 그놈들 중 하나가 맞는 것 같습니다."
 "만약 놈들 중 하나라면 혈왕군 속으로 뛰어들기 전에 죽여야 한다. 또한 누구든 발견하면 혼자 나서지 말고 합공을 하도록 해."
 "알겠습니다."
 "예, 주군."
 연후는 출전에 나설 때부터 지금껏 입지 않았던 흑포로 갈아입었다. 윤기가 자르르 흐르는 흑색 비단에 황룡을 수놓은 화려한 흑포는 지난날 조영의 모친이 지어 준 것이었다.

황제의 곤룡포를 연상시키는 흑포는 볼 때마다 마음에 들었다.
 "그만 나가지."
 "예."
 연후는 철우와 함께 막사를 나섰다.
 이미 혈왕군과 악마전은 출전 준비를 마친 채 도열해 있었다.
 다만 일천의 혈왕군은 군영에 남았다. 혹시 모를 적의 기습으로부터 전마들을 지켜야 했기 때문이다.
 충!
 혈왕군의 군례에 천지가 들썩였다.
 연후는 각 부대의 수장들과 눈을 맞췄다. 그러고는 선두로 나서며 다른 가문이 있는 곳을 돌아봤다.
 선봉을 맡은 가문들은 벌써 이동을 시작하고 있었다. 귀령가와 남부무림의 병력이 차례로 북부무림의 앞을 지나갔다.
 귀령가의 가주 한송이 웃으며 말했다.
 "가주만 믿고 앞만 보고 달려가겠소."
 북궁천은 결연한 표정까지 지었다.
 "전장에서 뵙겠습니다!"
 잠시 후 연후는 출전을 명했다.
 악소와 백무영을 비롯한 주요 고수들은 좌우, 후방에

각각 배치되었다. 혹시 모를 괴인의 출현에 대비하고자 함이었다.

물론 철우는 언제나 그러하듯 연후의 옆을 지켰다.

연후는 신휘를 대신하여 혈왕군을 이끌고 참전한 신우를 돌아보며 말했다.

"혈왕군의 강력함이 기병 전술에서만 나오는 것이 아님을 똑똑히 보여 줘야 한다."

"예, 주군!"

산악 지대에서 치러질 전투였기에 기병 전술은 무용지물이나 다름없었다. 해서 혈왕군도 이번만큼은 보병 전술로 전투를 치러야 할 상황이었다.

그러나 신우와 혈왕군은 자신이 있었다. 이런 상황에 대비해 백병전에 특화된 전술을 훈련해 왔던 터라.

오히려 훈련의 성과를 하루라도 빨리 시험해 보고 싶은 마음이었다.

우르릉!

하늘 먼 곳에서 천둥이 쳤다.

하루에 한 번 내리는 폭우가 내릴 징조였다. 한 번 내리면 숨조차 제대로 쉴 수 없을 만큼 쏟아지는 폭우는 이번 전쟁에서 하나의 변수가 될 수도 있었다.

쏴아아!

이윽고 폭우가 쏟아지기 시작했다.

빗줄기가 얼마나 거센지 전방의 연합군이 흐릿하게 보일 정도였다.

서장무림은 포달랍궁과 홍교의 마승들이 주력이 될 것입니다. 그들이 펼치는 마공은 중원의 그것과는 궤를 달리하니 각별히 조심하셔야 합니다.

연후는 현진의 말을 떠올리곤 빗속을 헤치며 전진했다.
그러기를 얼마나 지났을까?
전방 좌측에서 소란이 일었다.
"크악!"
"으아악!"
전가와 황하수련의 병력이 이동하는 쪽이었다.
"벌써 적과 맞닥뜨린 걸까요?"
"그건 아닌 것 같다. 소란의 범위가 너무 좁다."
"……그게 느껴지십니까?"
연후가 묵묵히 고개를 끄덕이자 철우는 괜한 것을 물어본 것 같아서 멋쩍은 미소를 지었다.
"괴인일 수도……."
"크악!"
"막아라!"

소란은 잠시 이어지다가 이내 잠잠하게 가라앉았다.

"사람을 보내서 무슨 일인지 알아볼까요?"

"됐어. 곧 알게 되겠지."

쏴아아!

처벅! 처벅!

폭우로 인해 금방 젖어 버린 대지가 한 걸음, 한 걸음 걸을 때마다 진한 흔적을 남겼다.

잠시 후, 연후는 소란이 일어났던 현장에 이르러 나무 아래에 가지런히 누워 있는 몇 구의 시신을 볼 수 있었다.

뜯기고 찢겨진 시신의 참혹한 상태만으로 소란의 원인을 충분히 짐작할 수 있었다.

"역시 괴인이었던 모양입니다."

연후는 미간을 좁혔다.

'어쩌면 이 전장이 놈의 사냥터가 될지도 모르겠군.'

그럴지도 모른다. 괴인이 날씨만큼이나 이 전쟁에 변수로 작용할 가능성도 있었다.

'괴인의 진정한 위력을 아는 것은 우리와 황하수련뿐이다. 모르는 상태에서 나타나면 하급 무사들은 물론이고, 주요 고수들도 분명 얕잡아 보고 달려들었다가 당하게 될 것이다.'

"신우."

"예, 주군!"

"언제든 방어진으로 전환활 대비를 갖추도록 해."

"염려 마십시오. 이미 지시를 해 두었습니다!"

혈왕군은 여러 종류의 방어진을 익혔다. 그중에는 열 명이 한 조가 되는 방어진도 있었는데, 연후는 괴인이 나타났을 때 그것을 활용할 생각이었다.

아무리 괴인이라도 열 명의 혈왕군이라면 어느 정도는 시간을 벌어 줄 수 있다는 판단에서였다.

진군은 멈추지 않았다. 그 와중에 폭우는 그쳤고, 언제 그랬냐는 듯 해가 쨍쨍하게 떠오르며 대지는 짙은 안개에 잠겼다.

끼아악!

하늘에서 독수리의 포효가 울렸다.

독수리는 창공을 선회하고는 육손의 어깨 위로 떨어져 내렸다. 그런 독수리의 날카로운 발이 큼지막한 새 한 마리를 단단히 움켜쥐고 있었다.

"주군, 적의 전서구를 잡았습니다."

연후는 육손이 건넨 천 조각을 펼쳐 한 혈왕군에게 건넸다. 서장어에 능통한 자였다.

이런 상황에 대비하여 연후는 그를 지척에 두고 움직였다.

"중원 연합군이 진군을 시작했음. 두 시진 후면 일차 매복지에 도착할 것이라 사료됨. 그렇게 적혀 있습니다."

연후는 미간을 좁혔다.
'거리가 맞지가 않는데······.'
뭔가 이상했다.
지금 연합군이 향하고 있는 곳은 전가가 파악한 바에 따르면 적의 본진이었다.
그런데 일차 매복지라니.
'한낱 매복지 따위에 전가가 본진으로 확신을 할 만큼 대군이 몰려 있단 말인가? 그것도 일차라면 다른 곳에도 매복 병력이 더 있다는 것인데······.'
"철우."
"예, 주군."
"총사를 만나 봐야겠다."
"알겠습니다."
연후와 철우는 곧장 전가의 진군로(進軍路)를 향해 몸을 날렸다.
연후가 자리를 비우자 백무영과 악소가 선두로 나섰다.
악소가 물었다.
"백 형은 이런 대규모 전쟁을 치러 봤소?"
"전혀. 그래서 더 기대된다."
"나 역시 마찬가지요. 후후후."
"자네한테는 인간사냥터가 될 수도 있겠군."
"백 형이라고 다르겠소?"

"후후후."

둘은 서로를 보며 웃었다.

그 모습을 바라보는 혈왕군은 괜히 마음이 든든해졌다.

암흑마신과 야차왕, 거기에 악마도까지. 천하가 두려워하는 그들이 자신들과 함께하고 있으니 천군만마도 전혀 부럽지가 않았다.

* * *

선봉은 전가와 황하수련의 몫이었다.

전가는 모두가 예상했지만, 황하수련까지 선봉을 맡게 된 것은 뜻밖이었다. 황하수련이 처한 처지를 생각하면 과연 적인회가 무슨 생각을 품고 있는 것인지 의문스럽지 않을 수 없었다.

적인회는 선두에서 움직이며 안개가 짙게 깔려 가는 전방을 응시했다.

그의 곁에서 움직이던 대공자 적유명이 조금은 굳은 표정으로 말했다.

"안개 때문에 진군 속도가 늦어지고 있습니다."

"걱정할 거 없다. 어차피 안개 때문에 곤란을 겪는 것은 적들도 마찬가지다."

적인회는 뒤를 돌아봤다.

조용히 뒤를 따라오는 일만의 정예들을 바라보는 그의 입가에 흡족한 미소가 떠올랐다.

'이 전쟁이 끝나면 각 가문의 서열이 정해질 것이다. 물론 우리 전가가 가장 높은 자리에 올라야 한다. 무슨 일이 있더라도 반드시 그렇게 되어야 한다.'

단순한 서열 매김이 아니었다.

천하의 인정은 곧 무사들의 추앙으로 이어질 것이고, 그렇게 되면 소속을 두지 않고 떠도는 천하의 수많은 낭인 무사들이 전가를 가장 먼저 찾게 될 터였다.

적인회가 노리는 것이 바로 그것이었다.

"주군!"

"무슨 일이냐?"

"철혈가주가 달려오고 있습니다."

잠시 후 연후와 철우가 적인회의 옆에 떨어져 내렸다.

"잠시 진군을 멈춰야 할 것 같소."

"진군을 멈추라니. 갑자기 그게 무슨 말이오?"

"귀측이 입수한 정보가 아무래도 잘못된 것 같소."

"뭐요?"

적인회의 미간에 주름이 굵게 잡혔다.

"우리가 입수한 정보에 의하면 귀측이 적의 본진이라 여겼던 곳이 사실은 매복지 중 한 곳에 불과했소."

연후는 적의 전서를 내밀었다.

서장어를 알고 있었던 것일까. 내용을 확인한 적인회의 표정이 싹 변했다.

적인회는 당혹스러웠다. 전서의 내용은 자신들의 정보가 틀렸다는 것을 확실하게 증명하고 있었다.

'일개 매복지에 본진이라 착각할 정도의 대군이 몰려 있었단 말인가?'

적인회를 직시하던 연후가 한마디 더 했다.

"이대로 진군하면 제 발로 호랑이 굴로 뛰어드는 꼴이 될 테니 진군을 멈춰야 하지 않겠소?"

"이건 어디서, 어떻게 구했소?"

"운이 좋게도 적의 전서구를 사냥할 수 있었소."

연후는 독수리는 언급하지 않았다.

그때였다.

"적의 기만술일 수도 있습니다. 일부러 정보를 흘려서 아군으로 하여금 혼란을 빚게 할 목적이라면 진군을 멈춰선 안 될 것입니다."

적인회의 뒤쪽에서 한 중년인이 말하며 나섰다.

학사풍의 외모에 호리호리한 체형을 지니고 있었지만 눈빛만큼은 날카롭게 살아 있었다.

전가의 군사 도윤이라는 인물이었다.

그가 나서자 당혹감에 물들었던 적인회의 눈빛이 변했다.

'글렀군.'

 연후는 적인회의 눈빛 변화로 진군을 멈추는 것이 어려워졌다는 것을 직감했다. 그는 도윤을 응시했다.

 "기만술이 아니라 사실이면 뒷일을 감당할 수 있겠소? 잘못되면 전가가 모든 책임을 져야 할 거요."

 "어차피 전투에 앞서 판단은 총사가 내리는 것이니 가주께서는 그만하시지요. 또한 뒷일 운운하셨는데, 그 역시도 전투에 앞서 총사의 심기를 어지럽히는 발언이니 자중해 주시면 고맙겠습니다."

 행동은 정중했지만 눈빛과 어조는 전혀 그렇지가 못했다.

 언쟁을 벌일 필요성을 느끼지 못한 연후는 적인회를 돌아보며 경고했다.

 "난 분명히 전했소. 이후 벌어질 사태는 온전히 가주의 책임이라는 것을 명심하시오."

 연후는 그 말만 전하고 곧장 돌아섰다.

 적인회는 멀어져 가는 연후의 뒷모습을 응시하며 미간을 찡그렸다.

 도윤이 불쾌감을 그대로 드러냈다.

 "소문대로 오만하기 짝이 없는 작자입니다. 감히 주군께 경고를 하다니요."

 "이 전서가 사실이라면 놈의 말대로 본 가가 모든 책임을 뒤집어쓸 수도 있다."

"그렇습니다."

꿈틀.

"한데 어째서 조금 전에는 적의 기만술을 운운한 것이냐?"

"저자의 태도가 오만해서 그랬습니다. 쉽게 받아들이면 저 오만함이 갈수록 더 심해지지 않겠습니까. 비록 우리에게는 객기나 오만함으로 보이겠지만, 다른 가문의 무사들에게는 달리 비칠 수도 있습니다."

"홍! 놈에게 반하기라도 한다는 말이냐?"

"이미 철혈가주를 흠모하여 철혈가로 몰려가는 낭인들이 많다고 들었습니다."

"……."

"이 전쟁은 오직 본 가의 영광으로 마무리되어야 합니다, 주군."

"어떡하면 되겠느냐?"

"예정대로 움직이셔야 합니다. 설사 우리의 정보가 잘못되었더라도 그곳을 격파하고 물러나면 될 일입니다."

적인회는 눈빛을 가라앉혔다.

'설사 적의 대군이 몰려온다 해도 현재 연합군의 전력으로 충분히 감당할 수 있다.'

결국 적인회는 연합군의 전력을 믿고 강행을 결정했다.

＊　＊　＊

철우가 물었다.
"적인회가 진군을 멈출 거라 보십니까?"
"처음부터 그런 기대는 하지도 않았다."
"……예?"
"잘못될 수도 있음을 미리 말해 두었으니 이후 결과가 좋지 못하면 적인회가 가진 총사의 권력에 제동을 걸 수 있을 터. 이거면 충분하다."
"그럼…… 처음부터 그것을 노리신 겁니까?"
연후는 묵묵히 고개를 끄덕이고는 후방을 바라봤다. 마침 혈왕군이 보이기 시작했다.
잠시 후 연후와 철우는 혈왕군과 합류했다. 그때까지도 진군 중단을 알리는 북소리는 울리지 않았다.
'당신 뜻대로 흘러가지는 않을 것이다, 적인회.'
연후는 적인회가 북부무림에 우호적인 남부무림과 귀령가를 후방에 배치했을 때부터 적인회가 무엇을 원하는지 직감할 수 있었다.
하물며 멸망 직전에 이른 황하수련을 선봉에 세웠을 때, 직감은 확신으로 바뀌었다.
끼아악!

하늘에서 독수리의 포효가 연신 울렸다.

고개를 들어 쳐다보니 독수리 두 마리가 창공을 날아다니며 온갖 새들을 공격하고 있었다. 좀처럼 보기 드문 광경에 모두가 신기해하며 구경하느라 여념이 없었다.

그때였다.

펑!

전방에서 폭죽 한 발이 터졌다. 진군 속도를 최대로 하라는 신호였다.

'결국 공격을 하겠다 이거군.'

"철우. 백운."

"예, 주군."

"북궁가주와 귀령가주에게 우리와 최대한 가까운 곳에서 움직이라고 전해라."

"알겠습니다."

* * *

최대 속도로 진군을 결정한 연합군이 적의 본대가 있을 것으로 추정되는 지역에 가까이 이르렀을 때, 다시 비가 쏟아졌다.

하루에 한 번 쏟아지는 폭우가 오늘은 두 번씩이나 내리자 당가의 가주 당호의 얼굴이 당혹감으로 물들었다.

'어째서 날씨가 이렇단 말인가.'

당호는 전가가 있는 곳을 돌아봤다.

전가는 폭우에도 아랑곳하지 않고 거침없이 전진하고 있었다. 황하수련과 혈가, 그리고 월가 또한 전가와 함께 전진을 멈추지 않았다.

그 모습을 지켜보던 당호의 미간이 좁혀졌다.

'저 숲을 넘어가면 강이 있다. 예상치 못한 폭우 탓에 물살이 거세지고 강폭마저 늘어난다면 문제가 심각해질 수도 있는데…….'

당호의 근심이 깊어질 때였다.

돌연 전가의 뒤쪽에서 소란이 일었다.

콰콰콱!

"크악!"

"으아악!"

난데없이 터진 비명성.

당호를 비롯한 당가의 고수들이 일제히 고개를 돌렸다. 그런 그들의 눈에 허공으로 솟구쳐 오르는 괴인의 모습이 비수처럼 박혀 들었다.

날아든 검과 대도가 괴인의 전신을 난도질했다.

따다다당!

까강!

"저럴 수가!"

당가의 고수들이 두 눈을 부릅떴다.

괴인을 노리고 날아들었던 전가의 고수들이 일제히 튕겨져 날아간 것이다.

퍼퍽!

"끄악!"

"크아악!"

당호가 다급히 외쳤다.

"적의 급습이다! 모두 전투 태세를 갖춰라!"

갑작스런 괴인의 등장에 당황한 연합군이 제대로 된 대처를 하지 못하던 그때였다.

한 줄기 섬광이 괴인의 뒤쪽에서 일었다. 섬광은 그대로 괴인을 강타했다.

꽝!

튕겨져 날아가는 괴인의 뒤쪽에서 모습을 드러내는 적포인들이 있었다. 초로의 노인 두 명이었다.

그들은 십여 장이나 튕겨져 날아간 괴인을 향해 그대로 달려들었다.

꽈과광!

두 노인이 일으킨 섬광이 연이어 괴인을 강타했다.

괴인은 연신 뒤로 밀렸고, 그 와중에 가까운 곳에 있던 전가의 고수 두 명이 피를 토하며 쓰러졌다. 충격의 여파에 휩쓸린 것이다.

"전가이도!"

당호가 경악하여 부르짖었다.

전가가 자랑하는 불세출의 고수, 전가이도(戰家二刀).

두 노인이 바로 그 전가이도였다.

"괴인이 도망칩니다!"

"저렇게 당하고도 멀쩡하다니……."

괴인이 숲으로 사라지고 있었다. 전가이도가 뒤를 쫓아 몸을 날렸지만 결국 놓치고 말았다.

모두가 경악해하고 있을 때, 전가이도는 당혹감으로 얼굴이 붉게 물들어 있었다.

"놈의 신체가 불가 최고의 신공이라는 금강불괴의 수준을 넘어선 것 같네."

"믿을 수가 없군. 세상에 저런 괴물이 존재하다니……."

몇 번은 괴인의 손에 막혔지만, 몇 번은 제대로 명중시켰다. 그럼에도 괴인의 육신은 멀쩡했다.

더 놀라운 것은 공력을 담은 대도로 괴인의 몸을 강타했을 때, 자신들도 상당한 충격을 받았다는 점이었다.

절대지경에 오른 고수들의 검을 맨몸으로 받아 내고 도리어 충격까지 주다니.

그야말로 불가사의라는 말로밖에는 표현할 길이 없었다.

"그래도 놈을 쫓아냈으니 어서 주군께 가세나."

잠시 후, 전가이도가 시야에서 멀어지자 당호는 당가의 고수들을 돌아보며 지시했다.

"한순간도 경계를 게을리하지 말거라!"

"예!"

당호는 온몸에서 소름이 쫙 올라오는 것을 느꼈다. 지금껏 사천성에서 성공일로를 달려오면서 하늘 높은 줄 모르고 치솟았던 자신감이 지금은 손톱만큼도 남아 있지 않았다.

괴인도 소름이 끼치도록 놀라웠지만, 전가이도의 가공할 위력은 당호의 눈빛마저 떨게 만들어 놓았다.

'세상은 넓고 기인이사들은 바닷가의 모래알처럼 많다더니, 역시 우리가 상대했던 사천성의 고수들과는 차원이 다르구나.'

* * *

울창한 숲을 뚫고 솟아오른 봉우리.

거센 바람이 맹렬히 휘몰아치고 있어서 사람이라면 절대 오를 수 없을 것 같은 그곳에 두 사람이 나란히 서 있었다.

빛이 바랜 낡은 회포를 걸친 초로의 노인과 시리도록 푸른 청포를 걸친 한 명의 청년이었다.

둘은 맹렬한 바람에 몸을 맡긴 채 나란히 서서 연합군이 밀려드는 북쪽을 바라보고 있었다.

청년이 회포인을 돌아보며 말했다.

"역시 이곳을 본진이라 여기고 전 병력을 몰고 내려오고 있습니다. 사부님의 계책이 제대로 통했습니다."

"착각을 하라고 이곳에 두 배의 병력을 모아 두었으니 속을 수밖에."

"하면 속히 전군에 공격 명령을 내려 주시지요. 사방에서 일거에 들이치면 적들을 궤멸시킬 수 있을 것입니다."

"아직은 때가 아니다."

"적들이 사부의 계책에 완벽하게 걸려들었는데 때가 아니라니요?"

청년이 이해할 수 없다는 표정을 짓자 노인은 빙그레 웃었다.

"너는 여전히 중원의 저력을 얕보고 있구나."

"그건 아니지만……."

"저들은 누가 뭐래도 중원을 통치하는 백야벌과 팔대가문의 정예들이다. 지금 공격하면 아군의 피해도 막대할 터, 곧 있으면 저들 중 일부는 북쪽으로 물러가게 될 텐데 굳이 무리를 할 필요는 없지."

아무런 감정조차 담겨 있지 않은 회포인의 동공 깊숙한 곳에서 기광이 은은하게 떠올랐다.

"적들 중 일부가 북쪽으로 왜 물러갑니까?"

"나중에 다 알게 될 터이니 이만 내려가서 전투 준비나 점검하자꾸나."

"……예."

회포인이 먼저 돌아섰다.

청년이 무엇을 하나 더 물으려고 할 때, 회포인은 이미 산 아래로 떨어져 내리고 있었다.

* * *

북부무림 북부군단.

망루에 올라 북쪽을 바라보는 총사 윤회의 낯빛이 냉기를 머금은 바람으로 인해 살짝 붉어졌다.

며칠 내내 쏟아진 눈으로 인해 순백의 세상으로 변해 버린 북방의 대평원은 음산할 정도로 조용했다.

"흠."

입술을 뚫고 흘러나온 숨결이 이내 하얀 수증기로 화해 흩날렸다.

"정찰조가 너무 늦는 것 같구나."

"이틀 전부터 날씨가 갑자기 사나워져서 조금 늦는 것 같습니다."

윤회의 미간에 슬며시 주름이 잡혔다.

"왠지 느낌이 좋지 않구나."

"대막이 침공을 해 올 거라 보십니까?"

"십만에 달하는 대군이 대평원 너머에 군영을 꾸렸다. 물론 이전이었다면 단순한 훈련이라 볼 수도 있겠지만, 서장무림이 침공을 해 온 이때라면 모든 가능성을 열어놓고 경계해야 한다."

닷새 전, 대막무림의 십만대군이 대평원 북쪽 오십 리 밖에 대군영을 세웠음을 확인했다.

이전에도 일 년에 한 번씩 대규모 훈련을 해 온 터라 대수롭지 않게 여길 수도 있지만, 서장무림이 침공을 해 온 때와 겹치는 바람에 윤회로서는 신경이 쓰일 수밖에 없었다.

사실 연후도 대막을 경계하고 있었다.

때문에 서북무림을 병합하고, 서북 지역에서 황하수련의 병력을 모두 몰아냈음에도 불구하고 북부군단만큼은 계속 본래의 자리를 지키도록 지시했다.

'부디 별일이 아니어야 할 텐데……'

그때였다.

"총사, 정찰조가 돌아오는 것 같습니다!"

뒤에 서 있던 비룡대주 진무가 나지막이 외쳤다.

3장
풍운이 드리우는 북방

풍운이 드리우는 북방

 순백의 평원에 새카만 점 몇 개가 나타나더니 이내 점점 커졌다.
 분명 사람이었다. 하지만 정찰조인지 확신하려면 조금 더 거리가 가까워져야 했다.
 "속도가 너무 느립니다. 만약 저들이 정찰조라면 부상을 입은 것 같습니다."
 "총사, 제가 가 보겠습니다."
 "조심해라."
 "예!"
 비룡대주 진무가 망루를 내려갔다.
 윤회는 숲을 넘어 대평원으로 달려가는 진무와 남하하는 자들을 번갈아 응시하며 눈빛을 가라앉혔다.

그러기를 얼마나 지났을까?

진무가 손을 흔들었다.

정찰조임을 전하는 신호였다.

"한 명이 모자랍니다, 아버님."

"……."

윤회의 두 눈에 불안의 빛이 내려앉았다.

잠시 후, 정찰조가 군영 안으로 들어서자 윤회는 즉시 망루를 내려갔다.

"어떻게 된 일이냐?"

"총사! 대막의 대군이 빠른 속도로 남하하고 있습니다!"

"뭣이!"

굳어지는 윤회의 얼굴.

윤관이 다급히 물었다.

"본영을 향하고 있단 말이냐?!"

"아닙니다. 서남쪽을 향해 비스듬한 진로로 남하하고 있습니다!"

윤관이 굳은 얼굴로 윤회를 돌아봤다.

"서남쪽이면 산서성 북부로 향하는 것 같습니다. 과거 대막이 중원을 침공할 때 사용했던 진로가 그쪽이지 않습니까?"

산서성 북부 지대는 팔대가문의 어느 곳에도 속하지 않은 중립 지대였다. 다만 북부의 서북쪽 국경과는 매우 가까운 곳이었다.

윤관은 정찰조에게 물었다.

"확실히 서남쪽을 향해 남하하고 있음을 확인한 것이냐?"

"예. 동료들이 부상을 입은 것도 확실하게 살펴보기 위해 뒤를 쫓다가 적의 경계 병력과 충돌한 까닭입니다."

윤관과 진무는 안도했다.

하지만 윤회는 전혀 그렇지가 못했다. 대막무림이 언제 동남쪽으로 방향을 틀지 모를 일이기 때문이었다.

"전군에 비상령을 발동하고 경계 범위도 평소보다 두 배로 넓히도록 하라!"

"예!"

"관이 너는 즉각 주군가로 향해 이 소식을 알리도록 하거라!"

"예, 아버님!"

윤회는 곧장 막사로 향했다.

'주군께서 만천하에 당신의 뜻을 펼치고 계신 이때에 대막이 만약 우리 영토로 내려온다면······.'

쫘악.

윤회는 지그시 입술을 깨물었다.

'군단 전체가 전사하는 한이 있더라도 결코 우리 영토로 내려오는 것을 허락지 않을 것이다.'

* * *

백야벌 지존궁.
대지존 소무백의 거처로 철군악이 들어섰다.
호위장 허도가 먼저 그를 맞았다.
"어서 오십시오, 사자."
"대지존을 뵈어야겠소."
"따르시지요."
잠시 후, 철군악은 소무백의 거처로 들어갔다. 홀로 찻잔을 기울이며 사색에 잠겼던 소무백은 며칠 만에 보는 철군악이 반가웠는지 만면에 미소를 머금었다.
"어서 오십시오, 사형."
"사자라고 하십시오. 자꾸 버릇을 들여야 입에 붙는 법입니다."
"우리 둘만 있을 땐 그냥 사형이라 하겠습니다. 한데 안색이 왜 그렇게 어두우신 겁니까? 혹 무슨 일이라도 있으십니까?"
"대막무림이 산서성 북부를 향해 남하하고 있다는 첩보가 연이어 날아들고 있습니다. 오면서 장로원 쪽 인사를 만났는데, 그의 말을 빌어 보면 틀림없는 사실이라고 봐야 할 것 같습니다."

"……!"

소무백의 얼굴이 심각하게 굳어졌다.

사실 서장무림이 침공을 해 왔을 때, 백야벌의 첩보 조직은 절반에 가까운 병력을 대막과의 국경으로 보내어 대막의 움직임을 예의 주시하고 있었다.

"결국 우려했던 일이 터졌군요."

"침공인지 단순한 훈련인지는 며칠 더 지켜봐야 할 것 같습니다만……."

철군악은 말끝을 흐렸다.

그도 침공이라 거의 확신하고 있었다. 자신이 대막무림이라도 서장무림이 중원을 침공해 온 이때를 노리고 병력을 일으킬 테니까.

"침공으로 확인되면 남쪽에 향해 있는 백야검단과 북부무림은 병력을 되돌려야지 않겠습니까?"

"그렇습니다."

소무백이 자리를 박차고 일어섰다.

"원주를 만나 봐야겠습니다. 사형도 같이 가시지요."

"장로원에서 사람을 보낼 때까지 기다리는 게 좋겠습니다."

"……예."

소무백이 일으켰던 몸을 다시 앉히려 할 때였다. 밖에서 허도의 목소리가 흘러들었다.

"대지존, 장로원에서 사람이 왔습니다."
"들이시오."
무사 하나가 들어섰다. 장로원 소속의 무사였다.
"대지존! 원탁회의를 여시겠다는 장로원주님의 말씀이 계셨습니다."
"지금 바로 말이냐?"
"그렇습니다."
"알았으니 물러가거라."
무사가 머리를 조아리고 물러가자 철군악이 말했다.
"다른 수뇌들이 다 모일 때까지 기다렸다가 가십시오."
"그러면 최소한의 자존심을 세울 수 있는 겁니까?"
"작은 것 하나부터 바꿔 나가야 합니다. 작은 것이 모이면 나중에 큰 것을 만들 수가 있습니다."
"알겠습니다. 그렇게 하지요."
소무백의 얼굴이 어려 가는 쓴웃음을 보며 철군악은 가슴이 아팠다.

한편 허도가 소무백의 거처를 나서는 장로원 소속의 무사를 막아섰다.
"한 번만 더 대지존 앞에서 장로원주 뒤에 님 자를 붙이면 그땐 그 주둥이에 칼을 물릴 줄 알아."
"……."

"대답 안 하지?"

"……죄송합니다. 시정하겠습니다."

"알아들었으면 꺼져."

"예."

타다닥.

"발자국 소리 죽여라."

"……."

허도는 숨소리까지 죽이며 사라지는 장로원의 무사를 응시하다가 소무백의 거처를 돌아봤다.

더 이상의 대화 소리는 흘러나오지 않았다.

허도는 철군악의 말을 떠올리며 눈빛을 가라앉혔다.

'지금부터라도 위엄을 보여 주셔야 합니다. 아니면 영원히 장로원주의 그늘에서 벗어나지 못합니다, 대지존.'

* * *

사천성 남부 산악 지대.

연후의 경고를 무시하고 강공을 택한 적인회.

하지만 그를 기다린 것은 텅 비어 버린 적의 군영이었다.

군사 도윤이 당혹감을 내비쳤다.

"뭔가 잘못된 것 같습니다, 주군."

"연합군을 남쪽으로 더 깊숙이 끌어들이려는 수작이

아니겠느냐."

말은 그렇게 했지만 적인회도 당혹스럽기는 마찬가지였다.

천하가 알고 있는 서장무림은 전투를 마다하지 않는 족속들이었다. 중원에 대한 철천지한을 품고 살아가는 그들이 이렇게 전투를 피한다는 것은 오직 하나, 유인을 하기 위한 것이라 확신했다.

도윤이 말을 이었다.

"적이 아군의 움직임을 훤히 꿰뚫어 보고 있는 것 같습니다. 아무래도 이쯤에 군영을 세우고 모든 전략을 다시 세워야 할 것 같습니다."

"어느 세월에 군영을 세운단 말이냐!"

짜증이 어린 적인회의 목소리에 도윤은 서장무림의 텅 비어 버린 군영을 가리키며 말을 이었다.

"군영은 이미 만들어져 있지 않습니까."

"……."

그러고 보니 군영의 형태가 온전한 상태로 유지되어 있었다. 병력이 머물 수 있는 수많은 천막은 물론이고, 곳곳에 솥을 걸어 밥을 지을 수 있는 공간과 군영 안쪽으로 흐르고 있는 물줄기까지 모든 것이 완벽한 상태였다.

"적도 우리가 이곳에 군영을 세울 거라고는 예상하지 못했을 것입니다. 그랬더라면 모조리 파괴하고 물러갔을 것입니다."

 적인회는 남쪽을 응시하며 나지막이 숨을 토했다. 이대로 무작정 적을 쫓다가는 유인 작전에 말려들 가능성이 농후했기에 그는 도윤의 말에 따르기로 결심했다.

 "이곳에 군영을 세운다."
 "알겠습니다."

 그때 황하수련의 가회가 다가왔다. 그는 곧장 적인회에게 따지듯 물었다.

 "어째서 진군을 멈춘 것이오?!"
 "적의 유인술에 말려들 순 없지 않소. 이곳에 군영을 세우고 전략을 다시 세운 다음 공격해도 늦지 않소. 어쨌거나 적을 꽤 멀리까지 쫓아낸 격이니 흥분할 거 없소."
 "군영의 상태를 보면 적이 물러간 지 얼마 지나지도 않았소! 당장 뒤를 쫓아가면 금방 따라잡을 수 있을 것을 어찌하여 한가한 군영 타령을 하시는 게요!"

 꿈틀.

 적인회의 눈썹이 칼날처럼 휘어졌다.

 "궁지에 몰린 네 처지가 측은하여 기회를 주고자 했건만 감히 본 좌 앞에서 그따위 태도를 보이다니. 네놈이 정녕 죽고 싶은 게로구나."
 "뭐라?"
 "주군! 모두가 지켜보고 있습니다!"

도윤이 황급히 나섰다.

하지만 적인회는 물러서지 않았다. 그는 가회를 향해 싸늘히 경고했다.

"명심해라, 가회. 네가 어떤 마음을 먹느냐에 따라 네 처지가 나락으로 떨어질 수도 있다는 것을."

"……!"

가회의 얼굴이 분노로 인해 벌겋게 달아올랐다.

하지만 적인회의 말을 무시할 순 없었다. 말처럼 그가 기회를 주지 않으면 자신과 황하수련은 더욱더 험난한 가시밭길을 걸어야 할지도 모르는 일이었다.

홱!

가회는 그대로 돌아서 수하들이 있는 곳으로 향했다. 그런 그의 귓속으로 적인회의 전음이 파고들었다.

[북부의 애송이에게 복수를 하고 싶거든 본 좌의 말에 충실히 따라야 할 것이다, 가회.]

으드득.

가회는 어금니를 악물었다.

그런 그의 두 주먹이 바들바들 떨렸다.

　　　　　　　　＊　＊　＊

후방을 맡았던 북부와 남부, 귀령가가 마지막으로 서장

무림의 군영으로 들어섰다.

연후는 적인회가 이곳에 군영을 세운다는 말을 전해 듣고는 미간을 좁히며 주변을 둘러보았다.

'그냥 몸만 들어가면 되긴 하겠는데…….'

적이 사용하던 군영은 완벽한 형태를 유지하고 있었다. 따라서 딱히 군영을 세우고 말고 할 것도 없이 병력만 들어가면 될 것처럼 보였다.

하지만 느낌이 좋지 않았다.

'서장은 왜 군영을 이대로 보존해 둔 채 물러갔을까? 그렇게까지 다급한 상황은 아니었을 텐데…….'

연후는 군영 주변의 지형을 살폈다.

그러다가 다시 미간을 좁혔다.

북쪽으로 향하는 방향을 제외한 삼면이 높고 가파른 산으로 둘러싸였고, 바로 뒤쪽은 좁고 깊은 협곡이 시커먼 아가리를 벌린 채 음산함을 풍기고 있었다.

일견하기에는 방어에 최적화된 환경이지만, 뒤집어 생각하면 적이 사방을 포위하면 꼼짝없이 갇힐 수도 있는 양면성을 지니고 있었다.

'만약 적이 우리가 이곳에 군영을 세울 것을 예상하고 일부러 물러난 것이라면…….'

그때 북궁천이 다가왔다.

"아무래도 느낌이 좋지 않습니다. 여긴 방어에 최적화

된 환경을 갖추고 있지만, 적이 대군을 이용해 사면을 포위하면 꼼짝없이 고립될 수도 있는 곳입니다."

그도 연후와 같은 생각을 했던 모양이다.

"한 가지 측면을 더 고려해 볼 필요가 있을 것 같소."

"그게 무엇입니까?"

"시간 끌기."

"그건 납득이 가지 않습니다. 이곳은 서장이 아니라 중원입니다. 침공을 해 온 쪽에서 전선을 뒤로 물리면서 시간을 끌 이유는 없지 않겠습니까?"

"옳은 지적이오. 솔직히 그래서 조금 더 혼란스럽소. 그래도 총사가 결정했으니 일단 자리를 잡도록 합시다."

"알겠습니다."

이미 전가를 비롯한 선봉 부대는 군영으로 들어서고 있었다.

이번에도 연후는 남부, 귀령가와 함께 군영 북쪽에 자리를 잡았다.

* * *

거센 바람이 노인의 회포를 사납게 할퀴었다.

청포 청년은 그 옆에 서서 자신들이 머물렀던 곳으로 들어가는 연합군을 내려다보며 차갑게 웃었다.

"역시 사부님의 예상대로 움직여 주고 있습니다."

"꺼림칙했겠지. 우리가 이렇게 피할 거라고는 전혀 예상하지 못했을 테니까."

"총사 적인회의 머리가 그다지 뛰어나지 못한 것 같습니다. 자칫 잘못되면 고립을 자처할 수도 있는 곳에 군영을 세우다니 말입니다."

"자신감일 수도 있겠지. 팔만의 병력이면 우리 서장쯤은 쉽게 막을 수 있을 거라는……."

회포 노인은 느긋했다.

연합군을 바라보는 눈빛도 적이 아니라 마치 저잣거리를 오가는 사람들을 구경하는 것처럼 지극히 평온할 뿐이었다.

그때였다. 뒤에서 핏빛 가사를 걸친 승려 두 명이 유령처럼 모습을 드러냈다.

"부르셨습니까, 대지존."

"너희들이 해 줘야 할 일이 생겼다."

"명을 내려 주십시오."

"곧 있으면 적의 정찰 병력이 저곳을 떠나 남쪽으로 움직일 터. 너희들이 그들을 제거해 줘야겠다. 단, 본영으로 향하는 놈들은 그냥 내버려 두어야 한다. 알겠느냐?"

"하면 본영이 발각되지 않습니까?"

싸아아…….

"본 좌가 그것까지 너희들에게 일일이 설명을 해 줘야 하겠느냐?"

퍽퍽!

두 승려가 땅에 이마를 찧었다. 그런 그들의 두 눈이 죽음의 공포로 세차게 흔들리고 있었다.

"명을 충실히 이행해라. 하면 불경을 용서해 줄 것이다."

"존명!"

두 승려가 바람처럼 사라지자 회포 노인은 다시 시선을 연합군의 군영으로 돌렸다.

그때 노인의 두 눈이 기광을 번뜩였다. 이쪽을 쳐다보는 한 사내를 본 것이다.

너무 멀어 얼굴을 확인할 순 없었지만 사내의 뒤쪽에서 펄럭이는 철혈대번은 또렷하게 보였다.

"저자였군. 현재 중원에서 가장 뜨겁다는 북부무림의 주군이……."

* * *

'사람인가?'

연후는 깎아지른 절벽의 끝을 바라봤다.

각도 때문에 제대로 볼 순 없었지만 숲 너머로 얼핏 드러난 물체가 틀림없는 사람처럼 보였다.

'하긴, 바보가 아닌 이상 우리를 지켜보고 있겠지.'

연후는 관심을 껐다.

그때 백운이 다가왔다.

"다녀오겠습니다, 주군."

"조심해라."

"옙."

백운과 악마전이 군영을 빠져나갔다. 각 가문에서 정찰에 나서 달라는 적인회의 요청이 있었던 까닭이다.

연후는 곧장 막사로 향했다.

중원의 그것과는 모양부터가 다른 막사는 제법 넓었고, 안에는 대나무를 엮어서 만든 침상까지 있었다. 제법 지위가 높은 자가 머물렀던 곳으로 보였다.

실내는 은은한 향기가 감돌았고, 탁자 위의 바구니에는 먹음직스러운 과일이 잔뜩 담겨 있었다.

"독이 있을지 모르니 과일은 치우도록 하겠습니다. 그럼 쉬십시오."

철우가 나가자 연후는 침상에 몸을 던졌다. 제법 그럴듯한 침상에 아늑함을 전하자 없던 피로감이 몰려들었다.

'잠이나 좀 자 둘까?'

불면이 나아지고 있는 요즘은 잠이 오면 그때그때 잠을 자 두는 버릇이 생겼다. 숙면은 운기조식으로는 얻을 수 없는 개운함을 전해 주었다.
 연후는 금방 잠이 들었다.
 그렇게 얼마나 흘렀을까?
 "주군!"
 철우의 목소리에 연후는 눈을 떴다.
 "대막무림이 침공을 해 왔다고 합니다!"
 "……!"
 철우의 이어진 다급한 목소리에 연후는 정신이 번쩍 들었다.
 "속히 적인회의 막사로 가 보셔야 할 것 같습니다."
 연후는 곧장 막사를 나섰다.
 잠시 후 적인회의 막사로 들어가니 다른 가문의 수장들이 이미 와 있었다.
 분위기는 심각했다.
 연후가 자리에 앉기가 무섭게 백야검단주 사공천이 입을 열었다.
 "속히 복귀하라는 명령이 떨어졌소. 해서 백야검단은 더 이상 여러분들과 함께할 수 없게 되었소."
 모두의 이목은 연후에게 집중되었다. 연후로서도 망설일 이유가 없었다.
 "대막은 본 북부와 국경을 맞대고 있는 집단이오. 건투를 빌겠소."

적인회가 말했다.

"지원 병력이 올 때까지 기다려 줄 순 없겠소?"

"미안하지만 바로 돌아가 봐야 할 것 같소."

연후는 일언지하에 거절했다. 사공천도 마찬가지였다. 직후 연후는 곧바로 막사를 나섰다.

"바로 돌아간다."

"아직 백운과 악마전이 정찰에서 돌아오지 않았습니다."

"생각이 있으니 속히 혈왕군에게 떠날 준비를 하라고 전해."

"알겠습니다."

철우가 먼저 뛰어갔다.

연후는 군영으로 향하며 찝찝함을 떨치지 못했다.

'설마 대막의 침공을 사전에 알고 시간을 끈 건 아니겠지.'

그때 뒤에서 북궁천이 다가왔다.

"함께하지 못해 아쉽습니다. 부디 별일이 없기를 빌겠습니다."

"적인회는 전가의 이익을 위해서라면 무슨 짓이든 할 자요. 하니 마음 독하게 먹고 흔들리지 않도록 하시오."

"명심하겠습니다."

"그럼 무운을 빌겠소."

연후는 북궁천을 두고 떠나려니 왠지 기분이 무거웠

다. 서장무림과의 전투보다는 과연 그가 적인회를 감당할 수 있을지가 마음에 걸렸다.

"훗날 또 보십시다, 이 가주."

한송이 다가왔다.

연후는 포권을 취하며 답했다.

"무운을 빌겠습니다. 하면 이만."

* * *

드리우는 석양을 등지고 선 회포 노인의 입가에 흐릿하게 미소가 떠올랐다.

"백야검단과 북부무림이 떠나고 있구나."

"그렇습니다!"

청년은 노인을 돌아보며 물었다.

"이제 어떻게 된 일인지 제자에게도 말씀을 해 주십시오."

"대막이 중원을 침공했을 것이다. 그들 역시 우리만큼이나 중원에 한이 클 터. 이로써 대전쟁의 서막이 올랐다고 보면 되겠지. 후후후."

"대막과 사전에 주고받은 뭔가가 있었군요."

"아니면 노부가 왜 적을 앞에 두고 물러서기를 반복하였겠느냐."

노인의 입가에 맺힌 미소가 점점 짙어졌다. 더불어 한없이 고요했던 눈동자에서 서서히 불꽃이 일어나기 시작했다.
"이제부터 서장의 무서움을 똑똑히 보여 주리라."

* * *

철혈가.
대막무림의 침공이 전해지면서 분위기는 무겁다 못해 비장함마저 감돌았다.
북부군단에서 대막무림의 진군 방향이 서남쪽임을 전해 왔지만, 언제 방향을 틀지 모를 일이라 모두는 긴장을 늦추지 않고 속속 날아드는 정보에 촉각을 곤두세웠다.
한편 며칠 전에 철혈가로 온 서령은 거처의 창문을 활짝 열어 놓고 어둠이 깔려 가는 세상을 바라보며 눈빛을 가라앉혔다.
'그자를 찾아 몰래 떠나려고 했는데…….'
그럴 마음이었다.
한데 갑작스럽게 대막무림의 중원 침공이 전해지면서 생각을 바꿨다.

대막무림이 침공했음을 주군께서 아시면 바로 돌아오실 거예요.

동방리의 이 말 때문이었다.

괜히 나섰다가 길이 엇갈리는 것보다는 차라리 이곳에서 연후가 돌아오기를 기다리는 것이 낫다는 판단을 내린 것이다.

"들어가도 될까요?"

문밖에서 동방리의 목소리가 흘러들었다.

서령은 표정과 눈빛을 고치고 문을 향해 걸었다.

문을 열자 동방리가 쟁반을 들고 서 있었다. 쟁반 위에는 뜨거운 김이 모락모락 올라오는 찻잔 두 개가 놓여 있었다.

"좋은 차가 있어서 가져와 봤어요."

"들어와요."

두 여인은 탁자를 가운데 두고 마주 앉았다.

서령은 동방리가 내민 찻잔을 들어 향을 음미하고는 가볍게 한 모금 마셨다.

"입맛에 맞으세요?"

"좋네요."

서령은 동방리를 볼 때마다 기분이 묘해지는 것을 느꼈다.

일종의 동질감이라고나 할까? 아무튼 그녀를 볼 때면 연후를 향한 증오심도 옅어지는 것 같았다.

그래서 가급적 부딪치지 않으려 했는데, 막상 찾아오면 또 반가운 마음이 들기도 했다.

"방금 주군께서 전서를 보내셨어요. 사천성을 떠나 올라오고 계신다 하네요."

"하나 물어봐도 될까요?"

"뭘요?"

"내가 그 사람한테 악감정이 있다는 것을 알면서도 왜 내게 그걸 전해 주는 거죠?"

"아직도 악감정이 남아 있나요?"

"……."

서령은 말문이 막혔다.

'없다고 생각한 거야?'

"대답을 못하시는 걸 보니 여전히 그런가 보군요."

"솔직히 그래요."

"어떡하면 그분에 대한 감정을 바꿀 수 있을까요?"

"이건 우리 두 사람만이 해결할 수 있는 문제인데……."

삼자는 나서지 말라는 뜻이었다.

그걸 모를 리 없는 동방리는 조용히 찻잔을 들어 입으로 가져갔다.

그런 그녀를 물끄러미 쳐다보던 서령이 넌지시 물었다.

"그 사람을 많이 사랑하는 모양이군요."

"……!"

퍼석!

동방리는 손에 들고 있던 찻잔을 떨어뜨렸다. 얼마나 놀랐는지 얼굴이 사과처럼 붉게 물들어 갔다.

"우린…… 그런 사이가 아니에요!"

서령은 믿지 않았다. 그녀는 동방리가 연후를 매우 사랑한다고 확신했다. 여인의 직감이 그렇게 말하고 있었다.

서령은 빙그레 웃었다.

"알았으니 얼른 옷부터 갈아입어요."

"……내일 뵐게요."

서령은 도망치듯 방을 나서는 동방리를 응시하다가 창가로 걸어가 창문을 열었다.

황급히 뛰어가는 동방리가 보였다.

당황해하던 얼굴을 생각하니 저절로 웃음이 나왔다. 하지만 곧 연후의 얼굴을 떠올리며 눈빛을 가라앉혔다.

'날 살려 줬다고 해서 당신을 향한 내 한이 사라지지는 않아.'

파르르…….

서령은 갑자기 눈빛을 떨었다.

하늘보다 높고 바다만큼이나 깊었던 연후를 향한 증오심이 언제부턴가 조금씩 옅어지고 있었다.

-나는 왜 살려 준 거죠?

―마지막 관문지기의 부탁을 들어줬을 뿐이다.

언젠가 연후와 나눴던 대화.
그 이후부터 시작된 변화였다.
꽉!
치아가 입술을 짓눌렀다.
'나와 함께했던 모두가 죽었어. 약해지면 안 돼. 절대로……'

* * *

기억을 잃은 황태.
그의 거처는 철혈가에서 가장 은밀한 곳에 위치하고 있었다.
감금이 아닌 자유로운 생활이 가능했지만 현진이 깔아 놓은 진 때문에 일정 공간 이상은 절대 벗어날 수가 없었다.
스스슥.
황태는 그림을 그리고 있었다.
그림이라고 할 수 없을 만큼 형편없는 실력이었지만 한 번 시작하면 밤을 샐 정도로 심취했다.
오늘도 황태는 저녁나절부터 그림을 그리기 시작했고, 달이 중천에 떠오른 지금까지 붓을 놓지 않았다.

그런 황태를 지켜보는 사람이 있었다.

바로 송영이었다.

조금 전에 말린 과일을 갖고 왔다가 그림에 심취한 황태가 신기해서 지금껏 돌아가지 않고 그를 지켜보는 중이었다.

'발로 그려도 저것보다는 낫겠는데…….'

그때였다.

"으흐……."

황태가 기괴한 신음을 토하며 붓을 내려놓더니 크게 기지개를 켰다.

으드득!

그가 송영을 돌아보며 물었다.

"좀 나아진 것 같지 않소?"

"강아지 목이 돌아갔는데요?"

"……."

"사람 머리가 저렇게 크면 몇 걸음 걷지도 못하고 자빠집니다. 그리고 소나무에 저렇게 큰 꽃이 핀다는 게 말이 됩니까?"

"……."

멀뚱한 표정으로 머리를 긁적이는 황태의 모습에 송영은 피식 웃었다.

"그래도 전체적으로 조금 나아진 것 같으니 오늘은 여

기까지만 하고 그만 씻고 자요."

"주군은 언제 돌아오시오?"

"지금 올라오고 계신다니 며칠 후면 뵐 수 있을 거요. 그럼 내일 봅시다."

"잠깐."

황태가 돌아서려던 송영을 불렀다.

반쯤 돌아섰던 송영은 순간 두 눈을 부릅떴다. 황태가 어느새 코앞에 서 있었던 것이다.

'깜짝이야.'

이런 적이 한두 번이 아니었다.

이제 만성이 될 만도 한데 그때그때 가슴이 철렁 내려앉는 것은 어쩔 수가 없었다.

"왜요?"

"내일 아침상에 닭고기 좀 주면 안 되겠소? 며칠 전에 먹었던 닭고기가 정말 맛있던데……."

"……알았으니 얼른 씻고 자요."

황태의 거처를 나선 송영은 종종걸음으로 뇌옥이 있는 곳으로 향했다.

사령의 상태를 살피기 위함이었다.

"오셨습니까?"

"수고."

송영은 무사들의 어깨를 다독여 주고는 뇌옥 안으로 들

어섰다. 그리고 잠시 후 사령을 가둬 놓은 곳에 이르러 걸음을 멈췄다.

굵은 창살 너머로 한쪽에 웅크리고 앉은 사령의 모습이 보였다.

"좀 어때?"

"오늘은 밥을 절반이나 비웠습니다."

"그래?"

"예. 그리고 이전처럼 괴성을 지르거나 하지도 않았습니다."

송영은 묵묵히 고개를 끄덕이며 사령을 바라봤다. 육손의 독에 의해 내공이 사라진 상태였기에 따로 사슬이나 족쇄를 채워 놓지는 않았다.

송영은 무사를 돌아봤다.

"좋아하는 음식이 뭔지 물어보고 원하는 것을 줘 봐. 잘 먹으면 그때그때 물어서 해 주도록 하고."

"알겠습니다."

"수고해."

"살펴 가십시오."

뇌옥을 나선 송영은 거처가 아닌 장로원으로 향했다. 사마송에게 보고해야 할 게 있었다.

'이번 달은 수익이 두 배로 뛰었으니 엄청 좋아하시겠네.'

사마송의 거처 창문에 그림자가 아른거렸다. 송영은 슬

며시 미간을 찡그렸다.

'대막이 당장 쳐들어올 것도 아닌데 좀 쉬지 않으시고.'

그때였다.

땡땡땡!

갑자기 종소리가 요란하게 울리며 성곽 주변이 대낮처럼 밝아졌다.

"……!"

적의 공격을 알리는 종소리였다.

땡땡땡!

적의 공격을 알리는 종소리에 곳곳에서 무사들이 뛰쳐나왔다.

"적이다!"

'어떤 놈들이…….'

송영은 장로원으로 향하던 발길을 돌려 정문으로 몸을 날렸다. 그런 송영의 머리 위에서 바람 소리가 일었다.

휘리릭!

고개를 쳐든 송영의 두 눈에 허공을 가르는 서령의 모습이 선명하게 맺혔다. 그녀는 송영보다 먼저 정문 옆 성곽 위에 사뿐히 내려섰다.

송영이 그 옆으로 뛰어올랐다.

이미 성곽 위에는 수많은 무사들이 전투태세를 갖추고 있었다. 대부분이 검과 활을 지니고 있었는데, 활은 서백과 송영이 머리를 맞대고 개발한 일종의 신무기였다.

휘리릭!

서백과 조영, 서위량이 차례로 성곽 위로 올라섰고, 조금의 시간을 두고 동방리도 서령의 옆으로 떨어져 내렸다.

"대막이 쳐들어온 거냐?"

"대막이 여기까지 올 리가 없잖아."

"뭐야? 아무도 없는데?"

"적이 어디서 쳐들어온다는 거야?"

모두가 의아해할 때였다. 뒤에서 사마송의 목소리가 울렸다.

"이렇게 늦게 반응해서야 어찌 기습해 오는 적을 막을 수 있겠느냐!"

노기가 담긴 사마송의 외침에 모두는 그를 주목했다. 사마송이 눈에 불을 켜며 호통을 이었다.

"언제 어디서 적이 쳐들어올지 모르는 판국에 정신줄을 어디다 두고 다니는 게야! 이러고도 철혈가의 무사라 할 수 있겠느냐!"

쩌렁쩌렁한 사마송의 노호성을 들으며 송영과 서백은 서로를 쳐다봤다.

[훈련이었네.]

[조 형하고 나는 급하게 나온다고 마시던 술도 죄다 쏟았는데…….]

"오늘 이후로 수시로 점검할 것이다. 만약 오늘처럼 반응이 늦으면 누구든 용서치 않을 것이다!"

사마송의 호통에도 모두는 오히려 안도하며, 각자의 자리로 돌아갔다.

동방리는 서령과 함께 걸었다.

서령이 말했다.

"재밌는 곳이군요."

"재밌기는요. 우리한테는 생사가 걸린 문제라고요."

"하긴, 그 사람이 적을 많이 만들긴 했죠."

"……."

"미안해요. 그냥 해 본 소리니 신경 쓰지 말아요. 그럼 내일 아침에 봬요."

휘리릭!

동방리는 거처로 훌쩍 몸을 날리는 서령을 응시하며 나지막이 한숨을 내쉬었다.

'결코 나쁜 사람은 아니야. 한데 어쩌다가 원수지간이 되신 건지…….'

한밤의 소란은 이렇게 막을 내렸다.

* * *

사천성.

까가강!
"으악!"
"크악!"

햇빛조차 제대로 들지 않는 밀림 속에서 혈전이 벌어지고 있었다. 정찰에 나선 연합군을 상대로 서장무림이 공격에 나선 것이다.

그 한복판에 백운과 악마전이 있었다.

백운의 대도가 마승의 몸을 수직으로 쪼갰다. 또 다른 마승의 머리는 부차의 대부에 의해 형체도 없이 사라졌다.

퍽!
"크악!"
"개새끼들! 모조리 토막을 내 버려!"

부차의 노호성이 숲을 쩌렁쩌렁 울렸다.

혈전은 곳곳에서 벌어지고 있었다. 일정한 간격을 두고 움직이고 있었던 탓에 서로가 서로를 도울 수 없는 처지였다.

하지만 백운과 악마전은 서장무림의 예상을 넘어서는 힘을 갖고 있었다. 때문에 그들을 공격했던 자들 대부분이 이미 목숨을 잃었고, 다른 자들은 전의를 상실하고 숲 너머로 사라졌다.

"악마전! 좌측으로 이동한다!"

"예!"

 백운과 악마전이 좌측 숲으로 일제히 몸을 날렸다. 그곳에는 검가의 정찰 병력이 적을 맞아 치열하게 싸우고 있었다.

 수적으로 열세였던 까닭에 고전을 면치 못하던 검가의 무사들은 백운과 악마전이 뛰어들면서 한숨 돌릴 수 있었다.

 퍽!

 "크악!"

 백운의 대도는 죽음을 부르는 사신의 손길이었다. 누구도 그의 대도를 감당하지 못했고, 용케 피하면 부차의 대부가 기다리고 있었다.

 그마저도 모면한 자들은 악마전의 몫이었다.

 "퇴각하라!"

 "쫓지 마라, 부차."

 "옙!"

 "구명지은을 입었습니다, 대협!"

 "동지끼리 구명지은은 무슨. 그나저나 적들이 우리를 기다리고 있었던 것 같소. 여기서 더 어기적댔다가는 더 많은 피를 볼 수도 있으니 일단 물러갑시다."

 "다른 곳을 도와야지 않겠습니까?"

 "……."

백운은 썩 내키지가 않았다. 하지만 귀령가를 생각하니 그냥 돌아갈 수가 없었다.
 까가강!
 콰콰콱!
 "으악!"
 "크아악!"
 귀령가가 있는 우측 숲에서도 혈전이 벌어지고 있었다.
 "퉤! 다들 저쪽으로!"
 먼저 몸을 날리려던 백운은 돌연 뒤쪽에서 강력한 마기가 느껴지자 재빨리 돌아섰다.
 숲을 헤치며 나서는 자들이 있었다.
 저마다 핏빛 가사를 걸친 서른 명가량의 승려였다.
 '홍교……'
 백운의 눈빛이 무겁게 가라앉았다.
 서장최강의 무력 집단, 홍교의 마승들임을 한눈에 알아본 것이다.
 "검진!"
 부차의 명령에 악마전이 두 개의 검진으로 진형을 전환했다. 검가의 고수들도 재빨리 검진의 형태를 갖추며 마승들을 경계했다.
 백운은 유난히 머리가 큰 마승을 직시했다. 살이 떨리도록 강력한 마기는 그에게서 흘러나오고 있었다.

씨익.

백운이 특유의 억센 미소를 지었다.

"땡중 새끼. 대갈통 한번 더럽게 크네."

"크크큭!"

"키키킥!"

이 와중에도 악마전은 웃었다.

하지만 검가의 고수들은 바짝 긴장했다. 기본적으로 마공에 바탕을 둔 무공을 익혀 마기에 익숙한 악마전과 달리 정공을 익힌 그들에게 마승들이 발산하는 마기는 두려울 정도로 강력한 것이었다.

"보아하니 북부 놈들인 것 같구나."

"알아봤으면 대갈통부터 숙여야지."

"어린놈이 주둥이는 잘도 놀리는구나. 네놈의 혓바닥이 얼마나 긴지 뽑아서 확인을 해 봐야겠다."

화아악!

혈포 마승의 전신에서 가공할 마기가 뿜어졌다. 그것을 신호로 다른 마승들이 쇠로 만든 철주(鐵珠)를 내리며 서서히 다가들기 시작했다.

그중에는 끝이 날카롭게 휘어진 반월 모양의 도를 지닌 마승들도 있었다.

혈포 마승이 백운을 향해 싸늘히 웃었다.

"네놈은 나를 상대해야…… 엇!"

혈포 마승의 입에서 당혹성이 터졌다.

백운이 그를 향해 달려든 것이다.

허공에 잔상을 남기며 떨어진 백운의 마도는 정확하게 혈포 마승의 정수리를 노렸다. 천하의 악마도가 펼친 기습이면 열에 아홉은 당하고 말 터.

하지만 혈포 마승은 백운의 예상을 뛰어넘는 고수였다. 마승의 철주가 백운의 대도를 후려쳤다.

꽝!

백운은 뒤로 다섯 걸음 밀렸다.

혈포 마승 역시 다섯 걸음 밀렸다.

'뭐야, 이 땡중은……'

백운은 내심 놀람을 금치 못했다.

놀라기는 혈포 마승도 마찬가지였다. 그는 홍교에서도 알아주는 고수였다. 자신이 우연히 마주친 자에게 밀릴 거라고는 생각해 본 적조차 없었다.

"어린놈이 무명소졸은 아니었구나."

"땡중, 너도 제법이야. 후후후."

백운의 얼굴이 붉게 타들어 가기 시작했다. 눈앞의 혈포 마승이 누군지 몰라도 선제공격을 하고도 동수를 이뤘다는 것에 자존심이 상한 것이다.

"냄새나는 몸뚱이를 딱 두 토막으로 잘라 주마. 퉤!"

백운은 대도를 고쳐 쥐며 자세를 바로 했고, 혈포 마승의 철주는 핏빛 강기를 머금었다.

동시에 마승들이 달려들며 전투가 격화되려던 바로 그때였다.

번쩍!

연합군을 향해 달려들던 마승들의 뒤쪽에서 처절한 단말마가 터졌다.

"크악!"

"끄아악!"

난데없는 상황에 혈포 마승의 고개가 벼락처럼 뒤를 향해 돌아갔고, 그 와중에 두 명의 마승이 또다시 목이 잘려 날아갔다.

"컥!"

"으아악!"

백운이 두 눈을 부릅떴다. 대열이 흐트러진 마승들 틈으로 악소를 본 것이다.

[정신줄 놓고 있을 거냐?]

씨익.

"그럴 리가요."

"악마전! 공격 대형으로 전환한다!"

"예!"

"으하합!"

악마전이 검진의 형태를 바꿨다. 뒤이어 부차를 선두로

마승들을 향해 맹렬히 달려들었다. 검가의 고수들도 때를 같이하며 공세에 가담했다.

백운은 혈포 마승을 향해 다가갔다.

"부처님 앞으로 곱게 보내 주지. 흐흐흐."

혈포 마승은 흠칫했다. 방금 전 악마전이라 외치는 걸 들은 탓이었다.

그렇다면 눈앞의 사내는…….

"악마도……."

"맞아. 내가 악마도야. 지금부터 내가 왜 악마라 불리는지 똑똑히 보여 줄 테니 잘 봐 둬라."

쾅!

백운이 섰던 곳에서 흙먼지가 일었다.

혈포 마승은 철주를 가슴으로 올리며 두 손을 합장했다. 그러자 핏빛 강기가 안개처럼 흘러나와 그의 전신을 휘어감았다.

그러나 아무리 기다려도 아무런 공격도 없자 혈포 마승이 의아함을 느끼던 그 순간이었다.

콰지직!

"크아악!"

"으아악!"

백운의 대도가 떨어진 건 다른 마승들이 자리한 곳이었다.

혈포 마승의 눈에서 혈광이 터졌다. 그는 곧장 백운을

향해 몸을 날리며 쌍장을 뻗었다.

슈아악!

강맹한 기운이 백운의 등을 향해 날아갔다.

막 두 명의 마승을 처치한 백운은 뒤도 돌아보지 않은 채 옆으로 비켜서며 몸을 회전시켰다.

쐐액!

대도가 허공을 가르며 혈포 마승의 다리를 노렸다.

혈포 마승은 허공으로 몸을 솟구쳐 백운의 대도를 피하면서 수중의 철주를 휘둘렀다.

꽝!

철주는 간발의 차이로 백운의 대도에 막혔다.

그때였다. 백운이 혈포 마승을 향해 성난 황소처럼 달려들었다.

"이런 미친……."

혈포 마승은 크게 놀라며 황급히 뒤로 몸을 뺐다. 백운의 수법이 동귀어진에 가까울 정도로 무지막지했기 때문이다.

그게 혈포 마승의 실수였다.

노리고 달려든 자보다 달려드는 것을 보고 물러나는 자가 조금이라도 더 느릴 수밖에 없는 법.

하물며 백운 정도의 고수라면 그 차이는 더 날 수밖에 없었다.

퍽!

"컥!"

백운의 어깨가 혈포 마승의 가슴을 그대로 강타했다. 혈포 마승이 한 줄기 신음을 토하며 실이 끊어진 연처럼 날아가 나무에 부딪쳤다.

쾅!

씨익.

"감히 누구 앞에서 몸을 사려."

백운은 웃으며 혈포 마승을 향해 다가갔다.

혈포 마승은 벌떡 일어서서 백운을 향해 철주를 날렸다.

위이이잉!

바람을 가르는 소리와 함께 날아드는 철주.

하지만 철주는 백운에게 닿지 못한 채 튕겨져 날아갔다.

꽝!

뒤이어 혈포 마승의 앞에 악소가 나타났다.

백운이 소리쳤다.

"형님! 이러실 거요!"

그러나 악소는 들은 척도 않고 혈포 마승을 향해 달려들었다. 혈포 마승은 가사를 휘날려 날아드는 악소의 검을 후려쳤다.

꽝!

놀랍게도 천으로 만든 가사와 쇠로 만든 검이 부딪쳤는데,

벽력탄이 터질 때나 날 법한 굉음과 함께 불꽃이 일었다.
혈포 마승은 악소가 주춤하는 사이를 노려 뒤쪽 숲으로 몸을 날렸다. 수하들에게 퇴각 명령조차 내리지 않고 혼자 살겠다며 도주를 택한 것이다.
'악마도보다 더 강한 놈이다.'
현명한 선택이었다.
하지만 악소는 그가 예상했던 것보다 더 강했다. 또한 빨랐다.
퍽!
"컥!"
혈포 마승의 가슴을 뚫고 검이 튀어나왔다.
악소의 검이었다. 검은 정확하게 심장을 꿰뚫었다.
"끄르르……."
혈포 마승이 피거품을 물며 꼬꾸라졌다.
그 광경을 본 마승들이 사방으로 도주하기 시작했다.
"누구마음대로!"
혈포 마승을 악소에게 빼앗긴(?) 백운이 그들을 쫓아 몸을 날리려 할 때였다.
악소의 한마디가 백운을 사로잡았다.
"쫓지 마라, 백운. 우린 서둘러 주군가로 돌아가야 한다."

4장
전쟁의 서막

전쟁의 서막

악소로부터 자초지종을 들은 모두는 경악을 금치 못했다.

두 새외 세력이 동시에 침공을 해 온 건 역사에 없는 일이었다.

"서둘러라."

"예, 형님."

악소는 검가를 응시했다.

"무운을 빌겠소."

"함께하지 못해 아쉽습니다. 하면 조심히 올라가십시오."

모두는 아쉬워하는 검가를 뒤로하고 발길을 돌렸다.

가면서 백운이 말했다.

"아까 그놈 말입니다."

"혈포 마승 말이냐?"

"예. 어째 놈이 너무 쉽게 죽어 버린 것 같다는 느낌이 듭니다. 형님이 강한 거야 천하가 아는 사실이지만, 그래도 그런 식으로 허망하게 뒈질 놈은 아니었는데……."

백운이 말끝을 흐리며 손바닥을 펼쳐 보였다. 장심이 조금 찢어져 있었다.

"누구하고 싸우다가 충격만으로 손바닥이 찢어진 적은 지금껏 주군과 겨뤄 봤을 때밖에 없었는데 말입니다."

백운이 충격 때문에 손바닥이 찢어진 것은 확실히 놀랄 만한 일이었다. 하지만 악소는 대수롭지 않게 여겼다.

"내 속도를 예상하지 못한 놈의 실수다. 네 말처럼 맞서 싸웠더라면 나 역시 꽤 시간이 걸렸을 테지. 그래서 일대일 승부에서 기세가 중요하다는 말을 하는 게 아니겠느냐."

"그렇긴 합니다만……."

백운은 여전히 납득이 가지 않는 표정이었다.

악소가 악마전을 돌아보며 말했다.

"경공으로 올라간다."

"예!"

* * *

모두가 떠난 전장.

그곳에서 한 마승이 천천히 일어섰다. 놀랍게도 악소에게 심장을 관통당하고 죽었던 혈포 마승이었다.

불사신이라도 되는 걸까?

주르륵!

여전히 구멍이 뻥 뚫린 왼쪽 가슴에서 피가 흘러내리고 있었지만 눈빛은 생생하게 살아 있었다.

혈포 마승은 악소와 백운 등이 사라져 간 북쪽을 응시하며 눈빛을 떨었다.

'일부러 당한 척까지 하게 되다니…… 무서운 놈들이었다. 악마도 한 놈이었다면 모를까, 만약 놈들과 끝까지 싸우려 했다면 진짜 죽었을 거다.'

혈포 마승은 떨리는 손길로 왼쪽 가슴을 꾹 눌렀다. 그러자 흘러내리던 피가 거짓말처럼 멎었다.

'나 혈포광마의 심장이 오른쪽에 있다는 걸 몰랐던 네놈의 실수가 훗날 어떻게 되돌아올지 두고 보거라.'

혈포 마승의 정체는 혈포광마였다.

으드득.

그는 바득바득 이를 갈며 죽은 승려들을 내려다봤다. 마침 숨이 끊어지지 않은 승려 하나가 그를 향해 손짓하며 애원했다.

"사, 살려 주십시오."

혈포광마는 승려를 향해 다가갔다. 그러고는 승려의 상

태를 살펴보더니 미간을 찡그렸다.

"그 몸으로 살아 봤자 아무 쓸모도 없을 테니 차라리 죽는 게 낫겠구나."

퍽!

승려의 머리를 무자비하게 밟아 버린 혈포광마는 남쪽을 향해 돌아섰다.

　　　　　＊　＊　＊

꽈르릉!
쏴아아!

어김없이 폭우가 쏟아졌다.

연합군의 군영을 내려다보는 서장무림의 대지존, 몽월(夢月)의 회포가 거센 빗줄기로 인해 속절없이 젖어 갔다.

"북부와 백야검단이 돌아갔으면 군영을 사천당가까지 물렸어야 하거늘……. 어리석은 놈. 그까짓 자존심 따위가 뭐라고……."

"자존심 때문에 적인회가 군영을 물리지 않을 거라 확신하셨던 겁니까?"

"운이 좋았던 게지. 놈에 대한 정보가 옳았다는 말도 될 테고."

몽월은 빙그레 웃으며 청포 청년을 돌아봤다.

청포 청년은 몽월의 손자이자 제자이며 후계자였다. 목숨만큼이나 소중한 그를 볼 때면 중원무림을 정복하고야 말겠다는 의지와 결의는 더욱더 확고해졌다.

"겨뤄 보고 싶다던 북부의 주군이 가 버려서 네가 많이 아쉽겠구나."

"솔직히 많이 아쉽습니다. 하지만 언젠가는 다시 만나게 될 테니 제자는 그때까지 충분히 기다릴 수 있습니다."

청포 청년, 몽염(夢閻)은 한 번도 몽월 앞에서 자신을 소손이라 칭하지 않았다. 위대한 무인으로서 몽월을 존경하고 있기에 조손이 아닌 사제지간임을 더 자랑스럽게 여긴 탓이다.

"염아."

"예, 사부."

"이 전쟁은 결코 쉽게 끝나지 않을 것이다. 설사 이곳에서 우리가 저들을 무너뜨린다고 해도 그것은 시작에 불과할 터. 선불리 작은 승리에 도취되어 안주해서는 결코 안 될 것이다. 알겠느냐?"

"명심하겠습니다."

척!

몽월은 몽염의 어깨를 다독거려 주었다. 그리고 천천히 뒤돌아섰다.

그때 한 마승이 그를 향해 다가섰다.

혈포광마였다.

혈포광마는 비로 인해 진창이 되어 버린 땅에 이마를 찧었다.

퍽!

"속하! 지존께서 명하신 임무를 감히 완수하지 못했습니다!"

"너 혼자 돌아온 게냐?"

"악마도 백운이 검가와 함께 움직이고 있음을 미처 몰랐습니다. 또한 놈보다 더 강한 자도 있었습니다!"

"악마도보다 더 강한 자라……. 하면 살아서 돌아온 것이 용하다고 해야겠군."

"……."

"고개를 들어라."

혈포광마가 고개를 들었다.

얼굴을 덮은 진흙이 빗줄기에 쓸려 눈 속으로 흘러들었지만 혈포광마는 눈 한 번 깜박이지 않았다.

"충분히 시간을 끌어 주었으니 어찌 임무를 완수하지 못했다 할 수 있겠느냐. 자책하지 말고 네 자리로 돌아가 본연의 임무를 다하도록 하여라."

"존명!"

혈포광마가 돌아갔다.

몽월은 시선을 들었다.

쏴아아!

수만에 달하는 병력이 폭우 속에서 오직 그의 명령만을 기다리며 대기하고 있었다.

몽월의 두 눈이 서서히 타들어 갔다.

"본 좌가 서장의 별이라면 너희들은 서장의 피요, 뼈이며, 영혼이다. 나아가 한 점 부끄러움이 없도록 용맹하게 싸워야 할 것이다."

몽월의 나지막한 목소리는 비바람을 뚫고 모두의 귓속을 울렸다.

하지만 누구 하나 대답하지 않았다. 적이 지척에 있었으니까.

꽈르릉!

뇌전이 떨어지며 몽월의 얼굴을 하얗게 물들였다.

바로 그때 몽월이 천천히 검을 뽑았다.

스르릉.

뒤이어 연합군의 군영을 향해 뻗었다.

"전군. 공격한다."

* * *

연후와 혈왕군은 사흘을 쉬지 않고 달렸다.

끼니를 거른 것은 당연지사. 그동안에 섭취한 것은 물이 전부였다.

연후는 혈왕군의 체력을 염려해 잠시 휴식을 명했다.

조금 옆에서 백야검단도 휴식에 들어갔다. 일정 지점까지는 돌아가는 길이 같았기에 함께 이동했던 것이다.

사공천이 다가왔다.

연후는 철우가 건넨 술병의 마개를 열어 사공천을 향해 들어 보였다.

"한 모금 하겠소?"

"술을 즐기지 않습니다."

연후는 정중히 거절하는 사공천의 평온한 호흡과 담담한 안색에 내심 감탄했다.

"과연 남아 있는 병력으로 적의 북진을 막아 낼 수 있을지 걱정입니다."

"여섯 가문의 정예들이니 충분히 저지할 수 있을 거요. 단, 군영을 사천당가까지 물리지 않고 현재 자리를 고집한다면 얘기는 달라지겠지만……."

"저도 그 부분이 걱정입니다. 방어에 최적화된 사천당가라면 몇 배의 병력이라도 충분히 방어가 가능하겠지만, 산악 지대의 한복판인 지금의 군영이라면 아주 힘든 전투가 될 테지요."

연후는 적인회를 떠올렸다. 그의 성정을 생각하면 솔직

히 비관적인 생각밖에 들지가 않았다.

"자존심을 굽히지 않으면 잡아먹힐 수도 있소. 그나저나 벌에서도 대막의 움직임을 주시하고 있었을 텐데…… 이런 상황에 대비하여 대책은 강구해 두었소?"

"죄송하지만 저는 그저 명에 따를 뿐입니다."

"사공단주 정도면 어지간한 정보는 취할 수 있지 않소?"

"꼭 그렇지도 않습니다."

연후는 사공천이 대답을 꺼려 한다는 느낌을 받았다. 그는 술을 한 모금 마시고는 다른 말을 꺼냈다.

"귀환하면 대지존께 안부나 여쭤 주시오."

"알겠습니다."

사공천이 제자리로 돌아갔다.

연후는 사공천의 뒷모습을 응시하며 슬며시 미간을 좁혔다.

'장로원주 휘하에 저런 인물이 많으면 곤란한데…….'

"드십시오, 주군."

철우가 육포를 건넸다.

연후는 육포 한 점을 입안에 털어 넣고는 바위에 비스듬히 몸을 기댔다.

철우가 물었다.

"만약 백야벌에서 대막을 막기 위해 병력을 요청하면

받아들이실 겁니까?"

"대막이 만약 진군 방향을 바꿔 북부의 국경을 넘어서 침공을 해 온다면 어차피 맞서 싸워야 할 테고, 이대로 산서성 북부를 지나온다 해도 동원령이 내려진다면 거부할 방법은 없겠지."

혈왕군과 백야검단은 잠시간의 휴식을 취한 뒤 다시 이동을 재개했다. 지친 몸을 달래기에는 턱없이 부족한 시간이었지만 누구 하나 불만을 표하는 이가 없었다.

그리고 이틀 뒤, 백야검단과 헤어졌다. 백야검단이 떠나자 혈왕군이 저마다 거친 숨을 몰아쉬었다.

속도가 급격히 떨어지자 연후는 신우에게 물었다.

"벌써 지친 건가?"

"사실 다들 이미 한계를 넘어선 상태였습니다. 다만 백야검단에게 지지 않기 위해 이를 악물고 버틴 겁니다."

신우의 그 말에 연후는 백야검단을 떠올렸다.

'그들도 혈왕군만큼이나 지쳤을까?'

* * *

백야벌의 지존궁.

호위장 허도는 걸어오는 철군악을 발견하고 머리를 숙였다.

"어서 오십시오, 사자."

"대지존을 뵈어야겠소."

"죄송하지만 아무도 들이지 말라는 엄명을 내리셨습니다."

"나조차 말이오?"

"그렇습니다."

'왜…….'

철군악은 불안했다. 지금껏 이런 적이 없었던 소무백이었다.

"혹시 무슨 일이 있었소?"

"정상적으로 아침 식사를 하시고 산책까지 다녀오셨습니다."

철군악은 미간을 좁혔다. 마음 같아서는 문이라도 두드려 보고 싶었지만 그럴 수가 없었다.

허도가 말했다.

"차 한잔 드시면서 기다려 보시면 어떨는지요."

"그럽시다."

"사자께 차를 내어 드려라."

잠시 후 호위무사가 차를 두 잔 갖고 왔다. 철군악은 복도에 마련되어 있던 탁자에서 허도와 마주 앉았다.

허도가 물었다.

"대막쪽 움직임은 파악이 되었습니까?"

"아직 산서성 이북까지 내려오진 않은 것 같소."

"진군 속도가 예상보다 느린 것 같습니다. 정상적이라면 어제쯤 산서성 이북까지는 내려왔어야지 않습니까."

"정보망을 총가동하고 있으니 곧 파악이 될 것이오."

철군악은 차를 한 모금 마셨다. 하지만 소무백이 걱정되어 차향조차 느낄 수가 없었다.

그러기를 얼마나 지났을까?

끼이이…….

거처의 문이 열리자 허도와 철군악이 재빨리 일어섰다.

소무백이 얼굴을 내밀었다.

"들어오시오, 사자."

"예."

잠시 후 철군악은 소무백과 마주 앉았다.

"무슨 걱정이라도 있으신지요?"

"생각을 좀 해 봤습니다."

"생각이라면……."

"그냥 본론을 말씀드리는 게 좋겠군요."

소무백이 차를 한 모금 마시고는 철군악을 뚫어져라 쳐다봤다.

이런 경우도 처음이었던 까닭에 철군악은 더더욱 불안했다.

"대막과의 전쟁에 직접 참전을 하기로 결정했습니다."

"대지존! 어찌하여 그런 위험한 결정을……."

"안 된다 하지 마십시오. 언제까지 장로원주의 그림자만 쳐다보는 허수아비처럼 지낼 순 없습니다. 차라리 참전하여 대지존으로서, 중원의 무인으로서 함께 싸우겠습니다."

철군악은 소무백의 단호한 눈빛을 보니 말문이 막혔다.

저런 눈빛을 딱 한 번 본 적이 있었다. 지난날 백야벌을 떠나려고 마음을 먹었을 때, 그때도 저런 눈빛이었다.

한편으로는 가슴이 아팠다. 오죽했으면 이런 결정을 내렸을까.

"사형만큼은 제 마음을 이해해 주셔야 합니다. 그래 주실 거라 믿습니다."

"하면 제가 모시겠습니다."

"사형은 남아서 하실 일이 많습니다."

"제가 직접 모시지 못한다면 죽는 한이 있더라도 참전을 말릴 것입니다. 하니 안 된다 하지 마십시오."

파르르…….

소무백은 눈빛을 떨었다.

철군악이 없었으면 이 험한 세상을 어떻게 살아갈 수 있을까.

"너무 걱정하지 마십시오. 이래 봬도 지존의 무학을 익힌 몸입니다. 혹시 압니까? 제 손으로 수괴의 목을 벨지 말입니다."

　　　　　＊　＊　＊

둥둥둥!
"주군께서 돌아오신다!"
와아아!
철혈가가 들썩였다.
모든 이들이 하던 일을 제쳐 놓고 정문으로 몰려들었다. 이미 성곽 위에는 수많은 무사들이 올라가 환호성을 지르고 있었다.
'왜 이렇게 시끄러워.'
거처에서 홀로 생각에 잠겼던 서령은 밖에서부터 전해져 오는 소란스러움에 창문을 열었다.
그녀의 거처는 높은 곳에 위치한 까닭에 철혈가의 정문까지 이어진 대로가 한눈에 보였다.
그 위에 연후와 혈왕군이 있었다.
서령의 눈빛이 대번에 차갑게 식어 갔다.
"들어가도 될까요?"
문밖에서 동방리의 목소리가 흘러들었다.
"들어와요."

동방리가 문을 열고 들어섰다. 그녀는 차갑게 굳어진 서령의 눈빛을 보았다.

"부탁드릴 게 있어요."

"저 사람과 관련한 거면 걱정하지 말아요. 적어도 지금 이곳에서 무엇을 하겠다는 생각은 추호도 없으니까요."

"전 지금 주군을 걱정하는 게 아니에요."

"……."

"당신은 좋은 사람이에요. 과거야 어찌 되었건 적어도 지금의 당신은 그렇게 보여요. 그래서 부탁드리는 거예요. 잊을 수 있다면 잊으시라고……."

서령의 입가에 흐릿한 미소가 걸렸다.

"제 목숨을 걱정하고 계신 줄은 몰랐네요."

웃고는 있지만 서령의 눈빛은 여전히 차가웠다. 그녀가 말을 이었다.

"가주에게 가장 소중한 것은 스스로의 목숨이겠죠?"

"제 목숨만큼이나 소중한 것들도 있어요."

"저도 마찬가지예요. 아니, 제 목숨보다 더 소중한 것들이 있었어요. 그걸 저 사람이 모두 앗아 갔어요. 바로 제 앞에서……. 저더러 잊을 수 있으면 잊으라고 하셨나요?"

"……."

"노력은 해 볼게요. 하지만 기대는 하지 마세요."

전쟁의 서막 〈145〉

동방리는 더 말할 수가 없었다. 차갑게 내려앉은 서령의 눈동자에서 원한이 아닌 알 수 없는 진한 슬픔을 느낄 수 있었기 때문이다.

서령이 겉옷을 걸쳤다.

"나가요. 환영은 해 줘야죠."

"괜찮겠어요?"

"피할 거였으면 진즉에 이곳을 떠났을 거예요."

두 여인은 정문으로 향했다.

마침 우문적이 밖으로 나서다가 두 여인과 마주쳤다. 동방리와 우문적은 서로를 향해 인사를 건넸지만 서령은 우문적을 쳐다보지도 않았다.

'보면 볼수록 기분 나쁜 계집이군.'

서령의 오만한 태도 때문이 아니었다. 철혈가에 머물면서 몇 번 그녀를 지나친 적이 있었는데, 그때마다 오감을 자극하는 섬뜩함에 놀라곤 했던 우문적이었다.

와아아!

둥둥둥!

우문적은 서령의 뒷모습을 응시하다가 이내 조금 떨어진 곳으로 향했다. 아무리 철혈가로 망명을 했다지만 한데 뒤섞이기에는 아직 어색함이 있었다.

한편 서령은 천천히 다가오는 연후의 얼굴에서 시선을 떼지 못했다. 그런 그녀의 눈동자에서 오만 감정이 한데 어우러진 혼란이 일어나고 있었다.

'단순히 자신들의 주군이라서 이렇게 열렬히 환영하는 걸까?'

환영의 정도가 그저 환영이라는 표현으로는 모자랄 정도로 대단했다. 진심이 느껴졌고, 존경을 넘어선 사랑임을 확연히 알 수 있었다.

'당신들은 저자가 어떤 인간인지 몰라.'

마음은 그렇게 외쳤다.

하지만 내면에서부터 일어나는 혼란은 점점 더 커져만 갔다.

서령은 동방리를 돌아보았다가 이채를 머금었다.

연후를 바라보는 동방리의 눈빛은 평소의 그녀와 달라도 너무 달랐다.

우리 그런 사이 아니에요.

찻잔까지 깨면서 놀라워하던 동방리의 모습이 자연스럽게 떠올랐다.

서령은 다시 연후를 돌아봤다.

그때였다. 제법 먼 거리를 격하며 둘의 시선이 얽혀들었다.

'나를 쳐다보는 게 아닐 거야.'

서령은 그렇게 생각했다. 이 많은 사람들 속에 서 있는 자신을 그가 어떻게 알아볼까.

그때였다.

[살아났군.]

파르르…….

서령은 눈빛을 떨었다.

'이 거리에서 어떻게…….'

자신은 어림도 없는 거리였다. 한데 연후는 정확하게 자신의 귓속으로 전음성을 전했다. 그것도 바로 옆에서 말하는 것과 같은 선명함을 유지한 채.

'정말 내 힘으로는 어쩔 수 없는 걸까?'

복수를 할 자신이 있었다. 물론 이길 거라는 생각은 추호도 하지 않았다. 다만 동귀어진은 가능할 거라 여겼다.

그러했던 자신감이 연후의 전음성 한 마디에 심하게 흔들리고 있었다.

* * *

와아아!

둥둥둥!

연후는 열렬한 환호성을 들으며 정문을 향해 나아갔다.

백무영이 웃었다.

"이런 환호성은 살면서 처음입니다."
"저도 그렇습니다."
"나를 위한 환호성이라고 생각하나?"
"당연하지 않습니까."
"우리 모두를 반기는 환호성이다. 그리고 저들 중에는 너희들을 꿈과 이상으로 여기며 살아가는 무사들도 있다는 것을 알아 둬라."

연후는 인파 속에 서 있는 동방리를 응시했다.

그녀를 보니 기분이 묘했다. 그러다가 그녀의 옆에 서 있는 서령을 발견하고는 이채를 발했다.

'살아났군. 그나저나 저 은발은 뭐지?'

서령에게 무슨 변화가 있었을까?

[살아났군.]

연후는 그 한마디로 인사를 대신했다.

그때였다.

"주군, 저 여자를 좀 보십시오."

육손이 두 눈을 동그랗게 치뜨며 서령을 가리켰다. 그도 그녀의 은발이 이상했던 모양이다.

"봤다."

"독 때문에 머리카락이 변할 수는 있지만, 저렇게 완전히 은발로 변하는 건 고서에서도 본 적이 없는데 말입니다."

"나중에 알게 되겠지."

둥둥둥!

와아아!

 정문이 가까워질수록 북소리와 함성이 귀가 따가울 정도였다. 사람들의 표정 하나하나를 보고 있자니 괜히 가슴이 떨렸다.

 백무영이 이런 환호성은 처음이라고 했는데, 사실 그 역시도 마찬가지였다.

 사마송이 정문을 넘어 다가왔다.

 연후는 전마에서 내렸다. 장로원주의 마중을 전마에 탄 채로 받을 순 없는 노릇이었다.

 사마송이 웃었다.

 "어서 오십시오, 주군."

 연후도 웃었다.

* * *

 하루는 정신이 없었다.

 대막의 침공이라는 중차대한 사건에 직면했지만 연후는 연회를 마다하지 않았다. 적어도 하루 정도는 모두와 함께 그간의 성과를 자축하고 싶었다.

 그리고 이틀째 아침.

 백야벌에서 전령이 찾아왔다.

전령은 대막무림이 진군 방향을 바꾸지 않고 그대로 산서성 북부로 향하고 있으니, 북부무림은 병력을 동원하여 대막무림을 막으라는 동원령을 전했다.

그리고 오후 무렵, 또 다른 무사 한 명이 철혈가를 찾아왔다. 철군악이 보낸 무사였다.

무사는 연후에게 연통을 하나 건넸다.

연통 속에는 철군악이 보낸 서찰이 들어 있었다. 내용은 짤막했지만 연후는 크게 놀랐다.

'대지존이 참전을?'

연후는 이해할 수가 없었다.

전투의 위험성 때문이 아니었다.

'장로원주에게 기회를 줄 수도 있다는 걸 왜 모르는 건가. 철 사자라면 그 정도는 충분히 생각했을 텐데…….'

서문회가 소무백을 노릴 수도 있었다.

벌에서는 거의 불가능하다고 봐야 하지만 전장은 얘기가 달랐다. 전투 중에 살수를 보낸다면 성공 확률은 매우 높아질 터.

'어리석은 결정을 했소, 대지존.'

화르륵.

서찰이 연후의 손에서 한 줌 재가 되어 떨어져 내렸다.

연후는 무사를 응시했다.

"이 주변에서 활동하고 있나?"

"송구하오나 말씀드릴 수 없습니다."

무사는 눈빛이 살아 있었다. 자신을 앞에 두고 저런 태도를 유지하는 것은 결코 쉬운 일이 아니었다.

그래서 연후는 무사가 마음에 들었다.

"철우."

"예, 주군."

"이자에게 금을 내려라."

"알겠습니다."

견고했던 무사가 두 눈을 휘둥그레 치떴다.

"중요한 일을 하려면 자금이 필요할 터. 순수한 선물이라 여기고 받도록 해."

"……감사합니다."

잠시 후 무사가 돌아갔다.

연후는 의자에 깊숙이 몸을 묻으며 생각에 잠겼다. 그렇게 꽤 긴 시간이 흐른 뒤에 철우를 돌아보며 지시를 내렸다.

"남부방위군과 적랑단의 일부를 북쪽으로 이동시켜 북부군단과 연계토록 해야겠다."

"어느 정도로 하시겠습니까?"

"각각 일만 정도만 보내라고 전해."

"알겠습니다."

철우가 곧장 거처를 나가자 연후는 창가로 걸어가 창문

을 열었다.

오랜만에 보는 철혈가의 전경이 잔잔하게 가슴을 파고들었다.

이틀 내내 들떴던 기운은 이미 사라졌고, 곳곳을 경계하는 무사들의 얼굴에서는 비장함마저 감돌았다.

그때였다. 정문을 넘어서는 신휘와 현진이 눈에 들어왔다. 훈련 때문에 혈왕군의 군영에서 머물다가 돌아오는 모양이었다.

잠시 후 셋은 탁자를 가운데 두고 마주 앉았다. 상황이 상황인지라 덕담을 주고받을 여유는 없었다.

"삭주로 집결하라는 동원령이 내려졌다."

"삭주면 산서성 북쪽이군."

"대막의 십만대군이 산서성 북부 대평원에 진을 친 것을 확인한 모양이야."

탁.

연후는 차를 한 모금 마시고는 신휘를 응시했다.

"같이 가지."

"안 그래도 이번마저 나를 빼면 꽤 섭섭할 뻔했어. 후후후."

연후는 현진을 돌아봤다.

"북부군단으로 이만의 병력을 보냈으니 윤 총사와 긴밀히 소통하며 방어에 만전을 기하도록 해."

"알겠습니다."

"군사."

"예, 주군."

"너만 믿고 간다."

"대막이 우리 북부를 침공하면 제 목숨을 바쳐서라도 반드시 지켜 내겠습니다."

"죽는다는 말은 함부로 하는 게 아니다."

"……예."

연후는 자리에서 일어났다.

"지금 바로 떠날 건가?"

"급한 일이 생겼다."

"급한 일?"

"이번 전쟁에 대지존이 참전하신다. 아무래도 하루 일찍 가서 한번 만나 봐야 할 것 같다."

"어리석은 결정을 했군. 장로원주에게 기회를 줄 수도 있다는 생각을 하지 못한 건가?"

신휘도 연후와 같은 생각을 했다.

"우리가 모르는 곡절이 있겠지."

연후는 밖으로 나섰다. 신휘와 현진이 뒤를 따랐다.

정문은 이미 사람들이 모여 있었다. 사천성에서 돌아온 혈왕군은 출전 준비를 마친 채 정문 너머에서 대기하고 있었다.

악소와 백운, 악마전도 그곳에 있었다. 훈련을 하고 한 시진 전에 돌아온 그들은 옷도 갈아입지 못한 상태였다.

"부탁하겠소, 원주."

사마송을 비롯한 수뇌부와 짤막하게 대화를 나눈 연후는 서백이 끌고 온 전마에 몸을 실으려다가 미간을 좁혔다.

조금 전까지는 보이지 않던 동방리가 악마전과 함께 서 있는 것을 본 것이다. 그녀의 옆에는 서령도 있었다.

[누가 다치면 제가 있어야지 않을까요?]

"……."

[제가 돌봤던 사람들은 걱정하지 마세요. 다들 안정세에 접어들었으니까요. 그러니 안 된다고 하지 마세요.]

연후는 나지막이 한숨을 내쉬고는 서령을 응시했다. 서령의 전음이 흘러들었다.

[이 사람한테 갚아야 할 빚이 있어서요.]

[쓸데없는 생각을 하면 그곳이 네 무덤이 될 수도 있다.]

[참고하죠.]

연후는 전마에 몸을 실었다.

그리고 삭주를 향한 여정을 시작했다.

* * *

백야벌.

"하하하!"

장로원주 서문회의 거처에서 대소가 터져 나왔다. 문밖을 경계하던 호위들이 서로를 쳐다보며 의아한 표정을 지었다.

"무슨 좋은 일이라도 있으신가?"

"요즘 들어 계속 기분이 좋으셨잖아."

"이상하지 않냐? 서장무림에 이어 대막무림까지 침공을 해 왔는데 어떻게 기분이 좋으실 수가 있지?"

"자식아, 그만큼 자신이 있다는 게 아니겠냐. 벌과 팔대…… 아니, 칠대가문이 건재한데 무슨 걱정이냐."

"아무리 그래도……."

호위들이 상반된 반응을 보일 때, 서문회는 자신의 거처에서 측근과 마주하고 있었다.

흡족한 웃음을 머금은 채 찻잔을 기울이는 서문회의 눈빛은 지난날과 비교해 확연히 깊었다.

딸그락.

"대지존이 오늘 오후에 떠난다고 했나?"

"그렇습니다."

말끝을 흐리는 서문회의 두 눈에서 기광이 흘렀다. 소무백의 참전을 전하기 위해 찾아온 측근은 서문회의 이러한 반응이 의아했다.

"말려야지 않겠습니까?"

"대지존으로서 중원무림의 위기를 앉아서만 지켜볼 수 없다는데 어찌 말릴까. 오히려 고결한 뜻을 존중해 줌이 마땅하지 않겠느냐."

"대지존이 참전했음을 알게 된다면 적은 오로지 대지존을 노리고 달려들 것입니다. 만에 하나 대지존께서 불의의 사고라도 당하게 되신다면 실로 큰 문제가 아니겠습니까?"

"하면 적의 움직임이 단순화되는 것이니 우리로서는 대처가 용이하게 될 테지."

"하지만……."

탁!

"그만."

"……."

"알았으니 그만 돌아가 보거라."

측근이 물러가자 서문회는 남은 차를 마저 비우고 창문을 활짝 열어젖혔다.

휘이잉.

찬바람을 크게 들이켠 서문회는 지존궁을 바라보며 중얼거렸다.

"이번 전쟁을 기회로 자신의 존재감을 알려 입지를 마련하겠다, 이 뜻인가? 어리석은……."

그때 문을 열고 한 청년이 들어섰다.

서문회의 손자, 서문추였다.

그의 복장이 평소와 달랐다. 흉갑에 견갑, 그리고 검도 두 자루나 차고 있는 모습이 전장으로 떠나는 장수와 다르지 않았다.

서문회가 서문추를 돌아봤다.

"조부님. 소손, 전장으로 떠날 준비를 마쳤습니다."

"시기를 늦춰야겠다."

"……예?"

"대지존이 떠날 때 함께 떠나도록 하거라. 이 할아비가 함께하지 못하니 너라도 곁에 있어 줘야지 않겠느냐."

"알겠습니다."

척.

서문회는 서문추의 어깨에 손을 얹었다. 정광과 기광은 사라지고 따뜻한 기운만이 서문회의 동공을 가득 채우고 있었다.

"내게 조부의 호위 병력을 딸려 보낼 것이다. 그들이라면 십만대군 속에서도 능히 너를 지켜 줄 수 있을 터. 하나 그렇다고 해서 공명심만을 앞세워 성급하게 굴면 절대 안 된다는 것을 명심해야 한다. 알겠느냐?"

"예."

그때였다.

충!

밖에서 우렁찬 군례가 터졌다.

서문회는 다시 창가로 다가가 밖을 내려다봤다. 사천성으로 떠났던 백야검단이 막 정문을 넘어서고 있었다.

지금껏 흡족한 표정을 지었던 서문회의 미간이 슬며시 좁아졌다.

'이럴 줄 알았으면 백야검단을 불러들이지 않았을 것을……'

그의 두 눈은 전마에서 내려 지존궁을 향하는 사공천의 얼굴에 고정되었다. 그러자 미간에 주름마저 잡혔다.

'저 고지식한 자는 필시 법령에 충실하고자 할 텐데……'

* * *

백야벌로 돌아온 사공천은 부대를 대기시켜 놓고 자신은 곧장 지존궁을 향했다.

그러자 측근이 말했다.

"장로원에 먼저 보고를 하셔야 하는 거 아닙니까?"

"너도 내가 장로원에 줄을 서기를 바라는 것이냐?"

"그건 아니지만 대부분의 부대가 작전에서 돌아오면 장로원에 먼저 보고를 하는 게 관례처럼 되어 있지 않습니까."

"관례가 법을 우선할 순 없다."

사공천은 성큼성큼 지존궁을 향해 걸었다.

측근이 곁을 따라붙으며 걱정스러운 투로 말을 이었다.

"이러시다가 장로원의 눈 밖에 나실까 걱정됩니다."

"우리는 군인이다. 지존궁과 장로원의 정쟁은 우리와는 무관한 것. 우리는 오직 본연의 위치에서 역할에 충실하면 되는 것이다."

"하지만 벌의 분위기가……."

뚝.

사공천이 걸음을 멈추고 측근을 돌아봤다. 측근은 서릿발 같은 위엄에 낯빛이 굳어졌다.

"우리 백야검단은 대지존께서 참전하시면 그 즉시 선봉 부대에서 대지존의 호위 부대로 전환된다. 벌의 법이 그러하다. 한 번만 더 정치적 계산에 따른 쓸데없는 말을 늘어놓으면 백야검단에서 내쫓을 것이다."

"……죄송합니다. 다시는 그러지 않겠습니다."

"돌아가서 부대나 살피도록 해. 바로 떠날 수도 있으니까."

사공천은 홀로 지존궁을 향했다.

사실 그는 측근에겐 내색하지 않았지만, 직접 전장에 나서려 하는 소무백의 결정을 이해할 수가 없었다.

'내가 생각할 문제가 아니다.'

하지만 의구심과는 별개로 대지존이 참전을 결정했다면, 자신과 백야검단은 벌의 법령에 따라 역할에 충실하면 그뿐이라는 것이 그의 생각이었다.

잠시 후, 사공천은 지존궁으로 들어섰다.

호위장 허도가 가장 먼저 그를 맞았다. 둘은 서로를 향해 포권을 취하는 것으로 인사했다.

허도가 안으로 들어갔다. 그리고 곧 다시 나왔다.

"들어가시오."

사공천은 소무백의 거처로 들어섰다.

소무백과 철군악이 그를 맞았다. 두 사람 다 견갑과 흉갑을 걸치고 있어서 곧 떠날 것처럼 보였다.

"대지존을 뵙습니다."

"어서 오시오, 사공단주."

소무백은 철군악에게도 머리를 숙여 인사하고는 빈 의자에 앉았다.

철군악이 물었다.

"대지존께서 참전하신다는 소식을 접하고 오는 길이오?"

"예, 사자."

"하면 백야검단은 대지존의 호위 부대로 전환되어야 할 텐데……"

"마땅히 벌의 법령에 따를 것입니다."

철군악은 안도했다. 그의 눈빛에서 진심을 느낄 수 있었기 때문이다.

사공천이 백야벌의 법령에 따라 호위를 맡는다 할지라도, 그 임무를 성실히 행할지까지 일일이 감시할 수는 없는 노릇이었다.

그렇기에 그가 진심으로 역할에 최선을 다할 것임을 느낄 수 있자 마음이 놓였다.

소무백도 안도했다. 사공천의 인물 됨됨이는 익히 잘 알고 있었지만, 그래도 혹시나 하는 불안감에 초조함을 금치 못했던 그였다.

소무백은 미소를 지으며 입을 열었다.

"고맙소. 하면 잘 부탁하겠소."

"언제 출전하시는지요."

"동원령에 명시한 집결 시간이 촉박하니 바로 떠나야 할 것 같소."

"하면 먼저 나가서 대기하고 있겠습니다."

사공천이 거처를 나가자 소무백과 철군악은 서로를 쳐다보며 비로소 안도의 한숨을 내쉬었다.

그러나 철군악은 이내 표정을 굳히곤 말했다.

"한 고비 넘기긴 했지만, 사공단주는 뼛속까지 군인입니다. 결코 자신의 이익을 좇아 정치적으로 움직일 사람이 아닙니다. 이 말은 곧…… 전쟁이 끝나는 순간 다시 본연의 위치로 돌아갈 것이라는 걸 의미합니다."

그 말에 소무백의 입가에 쓴웃음이 걸렸다.

"우리 편이 아니라는 말이군요."

"장로원주의 편도 아니라는 말이 됩니다."

그때였다. 허도가 들어섰다.

"전원 준비를 마쳤습니다, 대지존."

소무백과 철군악은 곧장 밖으로 향했다.

허도와 호위들이 그 뒤를 따랐다. 모두가 중무장을 하고 있어서 걸을 때마다 쇳소리가 울렸다.

철그럭, 철그럭.

소무백은 심호흡을 했다. 스스로 내린 결정이지만 막상 전장에 나간다 생각하니 긴장감이 밀려드는 것은 어쩔 수 없었다.

'그래도 그분을 뵐 수는 있겠구나.'

소무백은 연후를 떠올리며 지존궁을 나섰다.

가장 먼저 눈에 들어온 것은 정문 너머에 도열해 있는 일만의 백야검단이었다.

하지만 서문회를 비롯한 수뇌들이 소무백의 시야를 막아섰다.

소무백이 걸음을 멈추자 소문회가 입을 열었다.

"마땅히 대지존을 보필해야 하나 사정이 그러하지 못함을 부디 이해해 주시구려."

"제가 자리를 비우니 원주께서 마땅히 벌을 지켜야 함은 당연한 것. 괜찮습니다."

"그리 생각해 주시니 감사할 따름이외다."

서문회의 손짓에 서문추가 앞으로 나섰다.

"집결지까지 대지존을 모셔라."

"예!"

소무백은 탐탁지 않았다. 그는 정중히 거절했다.

"일당백의 호위들과 일만의 백야검단이 있으니 굳이 그러지 않아도 될 것 같습니다."

"아니오. 이렇게라도 해야 송구함을 조금은 덜 수 있을 것 같소."

소무백이 뭐라 말을 하려고 할 때 철군악의 전음이 그의 귓속으로 흘러들었다.

[그냥 받아들이십시오.]

소무백은 목구멍까지 넘어왔던 말을 삼켰다. 그는 서문추를 응시하며 말했다.

"잘 부탁하겠소, 공자."

"감히 대지존과 함께할 수 있어 무한한 영광입니다! 하면 집결지까지 저와 휘하의 정예들이 안전하게 모시도록 하겠습니다!"

잠시 후, 소무백은 서문회를 비롯한 벌의 수뇌부의 배웅을 뒤로하고 백야벌의 정문을 넘어섰다.

다시 돌아온 이후 처음 나서는 그 길에 소무백은 가슴이 떨렸다. 또한 지금껏 느껴 보지 못한 후련함에 날아갈 것 같은 기분이었다.

적어도 이 순간만큼은 전쟁에 대한 두려움과 이후의 혼란에 대한 걱정따윈 없었다.

한편 철군악은 미소가 흐릿하게 번져 가는 소무백의 얼굴을 응시하며 눈빛을 가라앉혔다.

'어쩌면 다시 돌아오지 못하게 될지도 모른다.'

철군악은 대막무림보다 서문회의 암수가 더 걱정되었다. 자신이 서문회라도 이번 기회를 절대 놓치려 하지 않을 터였다. 암살에 성공하면 혼란 없이 권좌에 오를 수 있을 테니까.

'결코 당신 뜻대로 되지는 않을 것이오, 원주.'

각오를 다지는 철군악의 두 눈이 호랑이의 그것처럼 매섭게 변했다.

* * *

이틀 후.

소무백과 백야검단은 산서성의 산악 지대를 넘어섰다. 집결 시간에 늦지 않기 위해 강행군을 한 덕분이었다.

소무백은 드넓은 평원에 이르러 처음으로 휴식을 명했다.

호위들이 물과 술, 음식을 준비할 때, 소무백은 철군악, 허도와 함께 평원을 가로지르며 흘러내리는 강으로 향했다.

 소무백은 차갑기만 한 강물에 손과 얼굴을 씻었다. 철군악도 손바닥에 물을 담아 갈증을 달랬다.

 다만 허도는 검파에 손을 얹은 채 날카로운 눈빛을 번뜩이며 사방을 경계했다.

 그런 그들의 머리 위로 독수리 한 마리가 포효하며 지나갔다.

 끼아악!

 독수리는 마치 세 사람의 얼굴을 확인이라도 하는 듯 매우 가까운 높이에서 몇 차례 선회하고는 남쪽으로 유유히 사라졌다.

 "북부도 올라오고 있겠지요?"

 "가주를 뵐 것을 생각하니 좋으신 모양입니다."

 "예, 좋습니다. 좋다마다요."

 철군악은 소무백의 입가로 번져 가는 미소를 보며 한시름 놓았다.

 소무백은 이틀 동안 진군을 하는 와중에도 지극히 평온한 모습을 유지하고 있었다.

 사실 그가 불안해하면 어쩌나 하는 걱정을 한시도 놓지 못했던 철군악이었다.

허도가 말했다.

"대지존, 식사가 준비된 것 같습니다."

"가십시다."

세 사람이 병력들이 있는 곳으로 향할 때였다. 사라졌던 독수리가 다시 나타나더니 근처의 거목 위에 사뿐히 내려앉았다.

그리고 그 아래에서 한 사람이 모습을 드러내었다.

서백이었다.

그는 백야벌의 병력이 모여 있는 평원을 응시하며 특유의 해맑은 웃음을 지었다.

"예상보다 빨리 찾았네."

서백은 독수리를 올려다봤다. 독수리도 그를 내려다봤다.

"신통한 녀석."

푸드득!

"이제 그만 가 봐."

끼아악!

말귀를 알아들었는지 하늘로 솟구쳐 오르며 포효하는 독수리였다.

서백은 독수리가 사라질 때까지 지켜보다가 크게 심호흡을 하고는 평원을 향해 돌아섰다.

그런 그에게는 연후의 서찰이 담긴 연통이 들려 있었다.

5장
하늘의 눈

하늘의 눈

"멈춰라!"

싸늘한 호통에 서백은 걸음을 멈췄다. 그 옛날 촉한의 장비처럼 생긴 무사가 서백의 앞을 막아섰다.

"철혈가에서 왔소."

"……!"

"북부의 주군께서 대지존께 이것을 전해 드리라 하셨소."

"잠시만 기다리시오."

서백이 연통을 보여 주자 무사는 황급히 어디론가 뛰어갔다.

잠시 후 허도가 나타났다.

"따라오시오."

서백은 허도를 따라 군영의 중앙으로 향했다. 그는 주변을 둘러보며 감탄을 금치 못했다.

'역시 백야벌은 다르구나.'

휴식을 취하는 와중임에도 불구하고 완벽한 진의 형태를 유지하고 있었다. 특히 눈처럼 흰 백포에 핏빛 흉갑을 두른 자들은 눈빛부터가 달랐다.

'하지만 우리 북부군도 만만치 않지.'

잠시 후 서백은 소무백과 만났다.

"철혈가에서 온 서백이라고 합니다. 주군께서 이것을 전해 드리라 하셨습니다."

연통은 철군악이 받았다. 그는 연통 속에 들어 있던 연후의 서찰을 꺼내어 소무백에게 건넸다.

서찰을 읽어 가는 소무백의 얼굴에 옅은 미소가 번져 갔다.

철군악이 물었다.

"좋은 소식입니까?"

"철혈가주께서 멀지 않은 곳에서 북상 중이라고 합니다. 기다리지 말고 집결지로 향하면 곧 따라붙겠다고 하는군요."

"오……."

소무백은 서백에게 물었다.

"가주께서는 무탈하시오?"

"예."

"하면 어려운 걸음을 해 주었으니 차라도 한잔하고 돌아가도록 하시오."

"아, 주군께서 제게 말씀하시기를 합류할 때까지 대지존의 곁에 있으라 하셨습니다."

"아…… 그랬소? 하면 그렇게 하시오."

"감사합니다."

소무백은 서백의 능력이 갑자기 궁금해졌다. 연후가 자신과 함께 이동하라 했으면 틀림없이 출중한 실력을 지녔을 것이라 생각했다.

소무백은 남쪽을 바라봤다.

광활하게 펼쳐진 저 산악 지대 어딘가에서 연후가 달려오고 있으리라.

* * *

서문추는 호위들에 둘러싸인 채 식사를 했다.

군영의 한복판이나 다름없음에도 호위들은 그를 이중으로 에워싼 채 누구의 접근도 허락하지 않았다. 호위망의 간격이 얼마나 촘촘했으면 무사들이 그를 볼 수가 없을 정도였다.

측근 하나가 서문추에게 말했다.

"철혈가에서 사람이 찾아왔다고 합니다."

"철혈가에서?"

"예. 지금 대지존을 만나고 있는 모양입니다."

서문추는 젓가락을 내려놓으며 천으로 입을 닦았다. 그러고는 미리 준비해 놓은 차를 한 모금 마시고는 피식 웃었다.

"대지존께 아부라도 하는 모양이지."

"철혈가주는 오만하기가 하늘을 찌르는 위인이니 아부 같은 짓은 하지 않을 것입니다.. 아무래도 이상합니다. 곧 있으면 집결지에서 만나게 될 텐데 미리 사람을 보낸 것은 필시 뭔가가 있음이 아니겠습니까?"

"듣고 보니 그렇군."

"속하가 한번 알아볼까요?"

"네가 무슨 수로. 괜히 잘못했다가 내 입장만 난처해질 수도 있으니 관둬라."

"하지만……."

"그만!"

"……예."

그때였다.

둥둥둥!

진군을 알리는 북소리가 울렸다.

서문추는 남은 차를 마저 비우고 일어섰다. 백야검단이

먼저 진군을 재개했다. 소무백은 그들에 가려 보이지가 않았다.

'대지존이 철혈가주와 아주 각별한 사이라고 하던데…… 정말 뭔가를 꾸미는 건 아니겠지?'

수하들 앞에서는 대범한 척을 했지만 서문추는 괜히 신경이 쓰였다.

"공자, 전마에 오르시지요."

서문추는 호위가 끌고 온 전마에 몸을 실었다. 그러자 백야검단의 앞에서 이동하는 소무백과 철군악의 머리가 보였다.

그리고 한 사람 더.

'철혈가에서 왔다는 자가 저자인가?'

대궁을 메고 있는 청포인의 뒷모습을 보며 서문추는 미간을 좁혔다. 그러다가 피식 웃었다.

'활이라…….'

무림인들 중에서 활을 무기로 쓰는 사람은 거의 없었다. 있다고 해도 대부분이 일류를 넘어서지 못한 그저 그런 수준에 불과했다.

그때였다.

호위장이 말했다.

"철혈가에 궁술이 신의 경지에 이른 자가 있다던데, 아무래도 저자인 것 같습니다."

"소문이라는 게 원래 살이 붙는 법이 아니겠소. 신경 쓰지 말고 그만 이동합시다."

"예!"

척척척!

서문추는 자신의 뒤를 따르는 오천의 정예들이 내뿜는 기세를 온몸으로 느끼며 삭주를 향한 진군을 시작했다.

그는 북쪽 하늘을 응시하며 나지막이 숨을 들이켰다.

'이 전쟁이 끝나면 천하는 나 서문추를 조부님의 손자가 아닌 한 명의 위대한 무인으로 추앙될 것이다. 반드시 그렇게 만들고야 만다.'

서문추가 한껏 결의를 다질 때, 연후는 혈왕군과 함께 빠른 속도로 북상하고 있었다.

* * *

끼아악!

독수리가 육손의 어깨 위로 내려앉았다.

독수리와 마치 대화를 나누듯 주문 같은 것을 외던 육손이 연후에게 다가와 말했다.

"십 리 위쪽에서 이동 중이라고 합니다."

연후는 묵묵히 고개를 끄덕였다. 신휘는 독수리의 능력에 감탄사를 늘어놓았다.

"보고도 믿지 못하겠군. 이러면 우리한테 하늘에 눈이 있는 거나 마찬가지라고 봐야겠어."

"그래도 아직은 보완해야 할 점이 많습니다."

겸손해하는 육손을 향해 신휘가 너스레를 떨었다.

"지금부터 이 친구 호위에 만전을 기해야겠어. 만약 적이 이 사실을 안다면 자네나 나보다 이 친구를 먼저 죽이려고 들 테니까 말이야."

"과찬이십니다."

육손이 쑥스러워하며 머리를 긁적였다.

연후가 신휘에게 말했다.

"나중에 집결지에서 보도록 하지."

"조심하게."

연후는 철우만 대동한 채 먼저 북쪽을 향해 움직였다. 때를 맞춰 독수리가 날아올랐다. 이제부터 독수리가 길잡이가 될 터였다.

연후는 독수리를 쫓으면서 새삼 육손의 능력에 감탄했다.

'이런 게 정말 가능하다니…….'

더 신기한 것은 독수리가 연후와 철우의 속도에 맞춰서 날고 있다는 점이었다.

"엄청난 전력이 될 것 같습니다."

"이미 그렇다고 볼 수 있지."

파파팟!

 연후와 철우는 전속으로 독수리를 쫓아 몸을 날렸다.

 그러기를 얼마나 이동했을까?

 전방 먼 곳에서 북쪽을 향해 진군하는 병력의 후미가 보이기 시작했다. 예상보다 훨씬 빠른 시간에 소무백의 뒤를 따라잡은 것이다.

 "독수리는 그만 돌려보내라."

 "예."

 삐익! 삐익!

 철우가 목에 걸고 있던 호각을 일정한 간격으로 불자 독수리는 그대로 방향을 틀어 남쪽으로 날아갔다.

 부리는 것은 오직 육손만이 가능하지만 돌려보내는 일에는 호각이면 충분했다. 물론 육손이 독수리의 효율성을 최대한 높이기 위해 마련해 둔 장치였다.

 둘은 서서히 속도를 늦췄다.

 그렇게 오십장쯤 전진했을까. 전방 좌측 숲 너머에서 은밀한 기운이 감지되었다.

 연후와 철우는 눈빛을 주고받고는 우측 숲으로 은밀히 몸을 숨겼다.

 잠시 후 수풀을 헤치며 나서는 자들이 있었다. 극히 평범한 갈의에 저잣거리 대장간에서나 팔 법한 보잘것없는 철검을 든 두 명이었다.

수풀을 헤치며 나선 그들은 이내 소무백의 병력을 쫓아 북쪽으로 움직이기 시작했다.
 [수상한 놈들입니다. 잡을까요?]
 [일단 뒤를 쫓는다.]
 [알겠습니다.]
 연후는 두 갈의인의 뒤를 쫓으며 눈빛을 가라앉혔다.
 '벌써부터 시작인가?'
 그의 머릿속에 서문회의 얼굴이 떠올라 있었다.

 * * *

 삭주(朔州).
 집결지로 선택된 그곳으로 낭인 무사들이 몰려들기 시작했다.

 공을 세운 자들에게 백야벌의 정식 무사가 될 기회를 줌은 물론이고, 전공을 따져 유력 가문과 문파의 무사로 추천할 것을 약속한다.

 백야벌이 약속한 당근의 위력이었다.
 하지만 꼭 그것 때문만은 아니었다. 상당수는 내로라하는 천하의 영웅들을 보기 위해 기꺼이 참전을 선택했다.

또한 중원무림의 한 사람으로서 새외의 침공에 맞서고자 참전을 결정한 낭인들도 상당히 많았다.

그렇게 몰려든 낭인 무사의 수는 무려 오천에 달했고, 백야벌은 그들에게 유력 가문의 무사들과 동등한 수준의 편의를 제공했다.

또한 개개인의 무력 수준을 가늠하는 시험도 치렀다. 수준이 높은 자들과 그렇지 못한 자들이 각각 나뉘어 배치를 받았고, 아예 자격조차 되지 않는 자들은 여비를 주고 돌려보냈다.

그러한 시험은 오늘도 계속되고 있었다.

와아아!

승자와 패자가 갈릴 때마다 우레와 같은 함성이 연이어 터졌다.

망루에서 시험장을 내려다보던 한 중년인의 얼굴에 흡족한 웃음이 떠올랐다.

"기대 이상이야. 그저 후방의 지원을 도와줄 정도만 되어도 족할 거라 여겼는데, 명문가의 무사들과 비교해도 전혀 손색이 없는 자들도 꽤 많아. 후후후."

"다행입니다."

"벌의 입장에서 보자면 생각지도 못한 전력을 얻은 셈이지."

중년인의 이름은 한경(韓卿).

그는 삭주에 주둔 중인 백야벌의 무력 부대를 이끌고 있는 인물로, 장로원주 서문회의 각별한 신임을 받는 것으로 알려져 있었다.

　한경의 시선이 남쪽을 향했다.

　"언제쯤 오려나……."

　"대지존께서 참전을 하실 줄은 정말 몰랐습니다. 그것 때문에 무사들의 사기가 하늘을 찌르고 있습니다. 낭인들도 마찬가지고 말입니다."

　"그렇기는 하다만……."

　한경이 말끝을 흐리며 눈빛을 발했다. 군영으로 이어지는 길목의 초입으로 들어서는 병력을 본 것이다.

　"오호! 저건 월가의 병력이 아니냐?"

　"그렇습니다. 깃발을 보니 월가가 맞습니다."

　"월가는 이번 동원령에 포함되지 않았는데 저토록 많은 병력을 보내 주다니……. 참으로 고마운 일이야. 후후후."

　월가의 병력은 수천에 달했다. 그들로 인해 넓고 곧게 뻗은 대로가 서서히 붉게 물들어 갔다.

　"총사! 저쪽을 보십시오!"

　한경은 측근이 가리킨 곳으로 시선을 돌렸다.

　그곳에도 군영으로 향하는 병력이 있었다. 다만 곳곳에 드리워진 숲 때문에 깃발이 보이지가 않아 어디에서 온 병력인지 알 수가 없었다.

한경과 측근은 눈을 가늘게 치뜨며 깃발이 보이기를 기다렸다.

잠시 후, 깃발이 드러나자 한경은 크게 웃었다.

"하하하! 전가에서도 병력을 보내 주었구나!"

"전가도 서장무림 때문에 이번 동원령에는 포함되지 않은 곳이지 않습니까?"

"옛날부터 전가는 벌에 대한 충성심이 남달랐던 곳이다. 특히 최근 들어서는 더욱더 그러하고 말이다."

그때였다.

와아아!

"월가다! 월가가 오고 있다!"

"저기 전가도 있다!"

시험장에 모여 있던 낭인 무사들이 우르르 몰려나오면서 군영의 정문이 순식간에 어지럽게 변해 갔다.

"엄청난 반응입니다."

"당연하지. 낭인들에게 저 두 가문은 꿈이나 다름없을 테니까. 자, 그만 내려가자꾸나."

"예."

한경은 두 가문을 마중하기 위해 망루에서 내려와 정문으로 향했다.

그때, 걸어가는 한경을 향해 한 낭인 무사가 큰소리로 물었다.

"북부의 주군께서도 이 전쟁에 참전하십니까!"
"북부의 주군은 사천성으로 내려갔네."
"아……그분을 뵈러 왔는데……."
"이거 완전 헛걸음을 했잖아!"
"그러게 말이다. 에이!"

실망감이 번져 가는 낭인 무사들의 얼굴을 보며 한경은 미간을 좁혔다.

'역시 북부무림의 위상이 지난날과는 비교조차 할 수 없을 만큼 크고 높아졌군.'

아직 한경은 연후가 이곳으로 올라오고 있음을 모르고 있었다. 따로 올라온 보고가 없었던 탓이다.

그때였다. 무사 한 명이 한경의 앞으로 뛰어왔다.

무사는 장로원 소속의 전령이었다. 그는 한경에게 한통의 서찰을 건넸다.

즉각 서찰의 내용을 확인한 한경의 눈동자에 기광이 떠올랐다.

'대지존과 철혈가주를 최대한 멀찌감치 떨어뜨려 놓으라니……. 하면 철혈가주도 이곳으로 오고 있다는 말인가?'

* * *

항상 기운을 감춘 채 산다는 것은 고도의 훈련을 반복

해 온 자라 할지라도 결코 쉽지 않은 일이었다. 적을 눈앞에 두지 않은 평상시라면 긴장을 늦추기 마련이었다.

하지만 갈의인들은 마치 은밀히 적의 뒤를 쫓듯 기운을 완벽히 감춘 채 움직이고 있었다.

하지만 얼마 가지 못하고 갈의인들은 스스로 정체를 드러내고 말았다.

한 갈의인이 목덜미에 벌레가 한 마리 내려앉았는데, 벌레를 쫓아내기 위해 손을 들자 팔뚝에 그려져 있던 문신이 드러난 것이다.

칼날처럼 휘어진 초승달과 세 개의 별.

'대막 놈들이었군.'

당초 서문회가 보낸 살수들일 거라 의심했던 연후는 살짝 허탈함마저 들었다.

팟!

연후의 우수에서 혈광이 일었다. 혈광은 좌측에서 이동하는 갈의인의 허벅지를 향해 소리 없이 날아갔다.

보통이라면 당할 수밖에 없었을 터.

하지만 갈의인들은 역시 평범한 자들이 아니었다. 혈광이 거의 다다랐을 때, 갈의인이 검이 빛을 번뜩였다.

따따다다당!

혈광은 너무나도 쉽게 검막에 막히며 소멸되었다. 하지만 그건 연후의 위장 공격이었다.

난데없는 암습에 두 갈의인이 연후를 향해 돌아섰을 때, 철우가 움직였다.

퍽!

팔 하나가 검을 움켜쥔 채로 땅으로 떨어졌다.

"크악!"

놀라운 광경은 그때 벌어졌다.

팔이 잘리며 비명을 질렀던 자가 돌연 시커먼 피를 꾸역꾸역 흘리며 쓰러졌다. 팔이 잘렸다고 이렇게 빨리 죽지는 않는다.

'독단······!'

연후는 다른 갈의인을 향해 섬전처럼 달려들었다. 연후의 혈광을 막아 냈던 갈의인이었다.

동료의 죽음에 경악하며 황급히 뒤로 몸을 빼던 그는 자신을 향해 달려드는 연후를 응시하더니 어금니를 악물었다.

"큭!"

신음을 토하는 갈의인의 입에서 시커먼 피가 흘러내렸다. 뒤이어 얼굴 하관이 녹아들기 시작했다. 입안에 물고 있던 독단의 위력은 이처럼 지독했다.

"강한 놈들이기는 했지만 대지존을 노릴 정도는 아니었습니다. 그냥 단순한 정찰 활동으로 봐야 할 것 같습니다."

연후도 같은 생각이었다. 사로잡기 위해서 위장 공격을 했을 때의 반응만으로도 소무백을 노릴 정도의 고수들은 아니라고 여겼다.

"이 전쟁이 쉽지만은 않겠군."

"예?"

"이놈은 도주할 생각조차 없이 스스로 목숨을 끊었다. 자신들이 속한 조직과 그 조직을 이끄는 자에 대한 절대적인 충성심이 없으면 결코 쉽지 않은 일이지."

"흠."

철우는 묵묵히 고개를 끄덕였다.

그런 철우를 향해 연후가 물었다.

"가능하겠나?"

"물론입니다."

"진심이기를 바란다."

"저의 충심을 의심하십니까?"

피식.

"농담이다. 자! 그만 가자."

잠시 후 연후와 철우는 서문차가 이끄는 부대의 후미로 뛰어들었다.

"누구냐! 멈춰라!"

철우가 나섰다.

"북부의 주군이시다. 비켜라."

"……!"

"무슨 일이냐!"

싸늘한 호통에 이어 무사들 뒤에서 핏빛 전포를 늘어뜨린 장한이 모습을 드러냈다.

"부, 북부의 주군이라십니다."

흠칫!

장한의 두 눈이 연후의 얼굴에 꽂혔다. 마땅히 머리를 조아려야 했지만 장한은 포권을 취할 뿐이었다.

그때 장한의 뒤에서 서문추가 나타났다.

연후는 서문추를 응시했다. 지난날 백야벌에서 스쳐 가며 한 번 본 적이 있었던 둘의 시선이 허공에서 얽혀들었다.

서문추가 포권을 취하며 살짝 머리를 숙였다.

"가주를 뵙습니다."

"대지존을 뵈어야겠소."

"대지존은 백야검단과 함께 이동 중이십니다. 앞으로 가시지요."

연후는 묵묵히 고개를 끄덕이고는 서문추를 지나쳤다. 가면서 서문추의 어깨를 툭 건드리며 한마디 했다.

"수하들 교육부터 다시 시켜야 할 것 같소."

"……."

그런 다음 연후는 자신을 보고도 머리를 조아리지 않은

장한을 향해 차갑게 웃었다.
"봐주는 건 이번뿐이다, 덩치."
"……!"
연후와 철우가 걸어가자 무사들이 좌우로 벌어지며 길이 생겨났다.
서문추는 연후의 뒷모습을 응시하며 눈빛을 가라앉혔다. 가늘어지는 눈동자에는 은은한 분기가 떠올라 있었다.
'두 세력의 주군이 되었다고 이젠 눈에 뵈는 게 없어진 모양이군.'
탁탁!
서문추는 연후가 짚었던 어깨를 신경질적으로 털어 냈다.
'감히 누구 어깨를 함부로……'

* * *

연후는 활짝 웃는 소무백을 향해 머리를 숙였다.
"어서 오십시오, 가주!"
"오셨습니까?"
철군악도 만면에 웃음을 머금었다.
두 사람과 가벼운 덕담을 주고받은 연후는 사공천을 돌아봤다.

사공천은 포권을 취하며 머리를 숙이는 것으로 인사를 대신했다. 권위적인 사람이라면 기분이 나쁠 수도 있을 태도였지만 연후는 과도하지도, 모자라지도 않는 그러한 태도가 아주 마음에 들었다.

연후는 철군악에게 물었다.

"병력은 이들이 전부요?"

"아닙니다. 삭주에 벌의 상주군이 더 있습니다. 다만 백야검단은 대지존께서 참전하실 경우 호위 부대를 맡게끔 되어 있는 조직이라 함께하고 있습니다."

'백야검단이 대지존의 호위 부대라……'

왠지 반가웠다. 사공천이라는 인물이 마음에 들어서 더욱더 그러했다.

잠시 후 연후는 소무백의 마차로 들어갔다. 철군악이 두 사람과 함께했다.

그 자리에서 셋은 회포를 풀었다.

꽤 많은 대화가 오갔고, 연후가 의아해했던 부분도 어느 정도는 해소되었다.

한편 철우는 백야검단이 내준 말에 올라 마차의 우측에서 이동했다.

마차 좌측에 허도가 있었는데, 그는 철우가 나타났을 때부터 그를 신경 쓰고 있었다.

'저자였구나. 벽력가의 안방에서 장로원주를 죽였다는

철혈가의 호위무사가……. 그러고 보니 아직 인사조차 나누지 못했군.'

허도는 숨을 한 번 고르고는 입을 열었다.

"대지존의 호위를 맡고 있는 허도라고 하오."

"철우요."

"이렇게 만나게 되어 반갑소이다."

"반갑소."

인사는 여기서 끝이었다.

두 사람 다 말을 많이 하는 성격이 아닌 데다 살갑지도 못한 성정을 지녔으니 사실 인사를 나눈 것도 대단하다 할 수 있었다.

"형님!"

뒤에서 귀에 익은 목소리가 들려오자 철우는 고개를 돌렸다. 서백이 활짝 웃으며 다가오고 있었다.

"주군은요?"

철우는 대답 대신 눈짓으로 마차를 가리키고는 미간을 찡그리며 되물었다.

"어딜 쏘다니다가 오는 거지?"

"갑자기 배가 아파서……."

"……."

"한데 형님. 대막놈들이 벌써 이곳까지 내려와 정찰 활동을 벌이고 있습니다."

"너도 본 모양이군."

"형님도 보셨습니까?"

"조금 전에 저 아래쪽에서. 그나저나 놈들은 어떻게 했지?"

"그게, 다짜고짜 공격을 해 오길래 그냥 죽이려다가 정보를 얻을 생각에 사로잡으려 했는데, 아니 글쎄 이 자식이 칼 몇 번 섞어 보더니 그냥 독단을 물어 버리지 뭐겠습니까?"

서백도 같은 경험을 한 모양이었다.

그때 허도가 물었다.

"대막 놈인 것 어떻게 아셨소?"

"팔목에 초승달과 별 모양의 문신이 있더군요. 아무튼 집결지까지 가는 동안에도 호위에 만전을 기하는 게 좋을 것 같습니다."

서백의 그 말에 허도가 호위들에게 대형을 바꿀 것을 지시했다. 철우는 마차 주변의 호위들이 바꿔 가는 대형을 유심히 지켜봤다.

그러다가 내심 감탄했다.

'완벽하군.'

* * *

휘이잉!

삭풍이 휘몰아치는 북방대평원을 뒤로하고 우뚝 솟아오른 거대한 산봉우리.
　날개가 달린 새가 아니면 도저히 오를 수 없을 것 같은 그곳에 한 황포인이 서 있었다.
　휘몰아치는 바람만큼이나 차가운 황포인의 두 눈은 광활하게 펼쳐져 있는 남쪽 산악 지대에 고정되어 있었다.
　"불과 이백 년 전에는 저 모든 곳이 대막의 영토였거늘……."
　태무령(太武領)이라는 이름을 가진 그는 중원 침공의 선봉이라는 막중한 임무를 맡은 대막무림의 부원수였다.
　그런 태무령의 뒤에서 한 사람이 더 모습을 드러냈다. 태무령만큼이나 차가운 눈빛을 지닌 청년이었다.
　태무령의 눈썹이 슬며시 움직였다.
　"방해하지 말라고 했을 텐데."
　"보셔야 할 게 있습니다."
　청년의 그 말에 태무령은 천천히 돌아섰다. 청년이 그에게 자그마한 연통을 내밀었다.
　"어떤 자가 이것을 가져왔습니다."
　태무령은 연통을 열고 안에 들어 있던 종이를 펼쳤다.

백야벌의 대지존이 참전을 위해 삭주 군영으로 향하고 있음을 확인하였습니다.

꿈틀.

태무령의 눈썹이 다시 휘어졌다.

"허수아비가 와서 뭘 어쩌겠다고."

"무슨 일입니까?"

태무령은 종이를 청년에게 건넸다. 내용을 확인한 청년의 낯빛이 변했다.

"백야벌의 대지존이 참전한다면 더없이 좋은 기회가 아니겠습니까? 전쟁을 빨리 끝낼 기회가 생긴 거니까 말입니다."

"어리석은 놈."

"……."

"장로원주 서문회라면 모를까, 그깟 허수아비를 죽인다고해서 중원무림이 눈이나 깜박할 것 같으냐?! 오히려 놈을 죽이면 서문회에게 피 한 방울 흘리지 않고 권좌에 오를 기회를 우리가 만들어 주는 꼴이 되지 않겠느냐."

"……그렇군요. 중원무림의 실세는 서문회 그자라는 것을 깜박했습니다."

"대원수께서는 언제쯤 오신다고 하였느냐?"

"아직 기별이 없습니다."

꿈틀.

태무령의 눈썹이 세 번째로 휘어졌다.

"저 산악 지대만 넘어가면 산서성이 시작되건만, 도대

체 왜 아직까지 공격 명령을 내리지 않으시는 건지……."

 불만이 어려 가던 두 눈이 이내 본연의 날카로움을 번뜩였다.

 그가 돌아서자 청년이 곁을 따라붙었다.

 "백야벌의 삭주 군영에 병력이 얼마나 모였는지 그것부터 파악하고 주요 고수들에 대한 정보를 내게 가져오도록."

 "알겠습니다."

 그때였다.

 끼아악!

 독수리 한 마리가 두 사람의 머리 위 상공에 나타났다.

 대평원에서는 흔하게 볼 수 있는 새가 바로 독수리였다. 그래서인지 두 사람은 독수리를 살펴보지도 않고 숲으로 사라졌다.

 끼아악!

* * *

 백야벌 삭주군 총사 한경의 막사에 두 인물이 찾아왔다. 전가와 월가의 수장들로, 각각 자신의 조직에서 전주의 자리에 올라 있는 자들이었다.

 한경은 그들을 후하게 대접했다.

값비싼 술과 요리는 물론이고, 자신이 아끼는 여인들까지 기꺼이 내주는 파격을 보였다.

그도 그럴 것이 사천성에 이미 병력을 보내 놓은 두 세력이 동원령에 포함되지도 않았는데 병력을 보내 주었으니 한경으로서는 천군만마를 얻은 기분이었다.

"이렇듯 병력을 이끌고 와 주시니 얼마나 든든한지 모르겠소. 이 사실을 아시면 장로원주께서 크게 기뻐하실 것이오!"

한경은 두 사람의 잔에 직접 술을 따라 주며 자리를 함께했다.

그러기를 얼마나 지났을까?

와아아!

갑자기 밖에서 함성이 터졌다. 함성이 얼마나 컸는지 술잔에 담겨 있는 술이 가늘게 흔들릴 정도였다.

한경이 밖을 향해 외쳤다.

"무슨 일이냐?"

그때 문이 열리고 무사 한 명이 들어섰다.

"총사, 대지존께서 입성하고 계십니다!"

"그래?"

반응이 조금은 시큰둥했다.

무사가 말을 이었다.

"철혈가주도 함께 도착했습니다!"

"철혈가주가 대지존과 함께 왔다는 말이냐?"
"그렇습니다."
좌중의 분위기가 확연히 바뀌었다.
"흥! 벌써 도착한 것을 보면 사천성에서부터 죽어라 달려온 모양이오."
"사천성은 사천성대로 놔두고 충분히 이곳으로 여분의 병력을 보낼 여유가 있을 텐데 자기들만 몸을 빼다니. 참으로 이기적인 작자가 아니겠소."
전가와 월가의 두 전주가 냉담한 반응을 보였다.
한경이 술잔을 내려놓으며 일어섰다.
"대지존께서 오셨다니 다들 나가 보셔야지 않겠소."
"알겠습니다."
세 사람은 곧장 군영의 정문을 향했다.
정문은 몰려든 낭인들로 인해 북새통을 이루고 있었다.

* * *

와아아!
천지가 떠나갈 듯 터져 나오는 함성에 연후는 미간을 좁혔다.
'낭인 무사들을 이렇게까지 모았다고?'
대충 봐도 수천은 넘어 보였다.

'벌의 피해를 최소화하겠다는 심산인가?'

과연 낭인 무사들이 얼마나 도움이 될까?

연후는 회의적이었다. 잘 훈련된 정예들조차 막상 전투가 벌어지면 평소의 실력을 제대로 발휘하지 못한 일이 부지기수인데, 집단 전투에 대한 훈련을 받아 본 적 없는 낭인 무사라면 볼 것도 없었다.

그때 한경과 두 전주가 다가왔다.

"삭주군 총사 한경이 대지존을 뵙습니다!"

"반갑소, 총사."

전가와 월가의 전주들도 머리를 조아렸다.

"바로 회의를 열 것이니 준비해 주시오."

"먼 걸을 오시느라 피곤하실 텐데 회의는 내일 여시는 것이……."

"적이 코앞까지 내려왔소. 한시라도 빨리 제대로 된 전략을 세워야 하니 준비하시오."

"알겠습니다."

"어디로 가면 되겠소?"

"저를 따라오시지요."

소무백의 추상과도 같은 태도에 한경은 내심 당혹스러웠다.

'이런 사람이 아니라고 들었는데…….'

삭주를 떠난 적이 없어서 소무백을 본 적은 없었다.

하지만 소문을 통해 그가 어떤 사람인지는 알고 있었다. 소문이 전한 소무백은 나약하고 소심하며 여인처럼 예민한 사람이었다.

* * *

회의는 반 시진에 걸쳐 이어졌다.
그 자리에서 소무백은 평소 볼 수 없었던 단호함과 준엄함으로 회의를 이끌었다.
회의가 한참 이어지고 있을 때, 무사 한 명이 들어와 혈왕군이 도착했음을 전했다.
그리고 잠시 후, 신휘가 회의장으로 들어섰다.
"신휘가 대지존을 뵙습니다."
"어서 오십시오, 혈왕."
신휘는 다른 이들에게는 눈짓으로만 인사를 건네고 연후의 옆에 앉았다.
[적의 위치를 파악했네.]
신휘의 전음에 연후는 묵묵히 고개를 끄덕였다. 이어서 신휘가 위치를 알려 주었다.
그때 소무백이 한경에게 물었다.
"적군의 위치는 파악하였소?"
"본대는 아직 국경을 넘어오지 않았습니다. 다만 선봉

부대로 보이는 병력이 며칠 전에 남하하다가 산악 지대 근처에서 감쪽같이 사라졌는데…… 수천의 병력이 북부 산악 지대를 샅샅이 뒤지고 있으니 곧 찾아낼 것입니다."

연후가 물었다.

"대평원에서 산악 지대로 이어지는 곳에 작은 강이 있소?"

"오십 리 북쪽에 작은 강이 하나 있기는 한데…… 갑자기 그건 왜 묻습니까?"

"적은 강 서쪽의 산악 지대에 숨어 있소. 병력의 수는 파악되지 않았지만 적의 선봉 부대가 틀림없을 거요."

"……!"

모두가 놀란 표정을 지었다.

소무백도 마찬가지였다.

"가주께서 그걸 어떻게……."

"이곳으로 오면서 정찰 병력을 먼저 보내 두었습니다. 다행히 그들이 찾아낸 것 같습니다."

이번에도 연후는 독수리의 존재를 숨겼다.

철군악이 소무백을 향해 말했다.

"하면 대막의 대원수가 이끄는 본대가 국경을 넘어오기 전에 놈들부터 공격을 해야지 않겠습니까?"

"그래야 할 것 같습니다."

고개를 끄덕인 소무백이 좌중을 향해 물었다.

"고작 선봉 부대를 치는 데 전군이 다 나설 필요는 없을 것 같소만……."

"저희 전가에게 맡겨 주시지요."

"저희 월가는 산악 지대에 특화된 정예들을 이끌고 왔습니다. 저희에게 맡겨 주시지요, 대지존."

전공 앞에서는 평소의 친분도 소용이 없는 걸까. 회의가 시작되기 전까지는 화기애애한 분위기를 보였던 두 사람이 서로를 쳐다보며 눈빛을 발했다.

소무백이 물었다.

"전가의 병력이 얼마나 되시오?"

"일만입니다."

"월가는 어떠하오?"

"저희 역시 일만입니다. 하지만 산악 지대에서는 전가보다 월등하게 강력하다는 것을 다시 한번 말씀드리겠습니다, 대지존!"

"그러다가 적의 평지로 내려가면 그땐 도망이라도 치겠다는 말이오?"

"뭐요?"

탁!

"그만하시오."

소무백은 두 사람을 번갈아 응시하며 말을 이었다.

"싸울 것 없소. 적의 선봉 부대가 어느 정도의 전력을 지녔는지 모르는 상황에서 한 가문만 나서는 것은 너무 위험할 것 같소. 하니 두 가문이 함께 나서도록 하시오. 또한……."

소무백이 말끝을 흐리며 사공천을 돌아봤다.

"백야검단이 후방을 지원토록 하겠소."

사공천이 당황한 기색을 비쳤다.

"저희 백야검단은 오직 대지존의 안위만을……."

"본인도 함께 가겠소."

좌중의 모두가 크게 놀랐다. 소무백이 첫 전투부터 직접 나설 것이라고는 누구도 예상하지 못했던 일이었다.

연후도 이채를 머금었다.

'이런 면모도 있었나?'

회의가 시작되고 지금까지의 소무백은 그가 알고 있는 것과 완전히 다른 사람이었다.

몇몇 사안은 삭주로 올라오면서 미리 논의를 해 둔 것이라 딱히 놀랄 것도 없었지만, 첫 전부부터 참전하겠다는 것은 실로 뜻밖이었다.

물론 후방 지원이라 상대적으로 안전할 순 있다지만 그래도 참전은 참전이었다.

"저희 북부도 돕겠습니다."

"고맙습니다, 가주."

"그 전에 하나 청할 것이 있습니다."

"말씀하십시오."
"제게 단독 작전권을 주셨으면 합니다."
"허락하겠소."
이는 사전에 논의를 해 둔 바였다.
한경이 벌떡 일어서며 소리쳤다.
"벌이 저를 총사로 임명했는데 단독 작전권을 준다니요! 또한 다른 가문과 비교해 형평성에 어긋나는 조치이니 재고해 주십시오, 대지존!"
연후는 한경을 직시하며 말했다.
"한낱 전주 따위와 나를 두고 형평성을 논하다니……실수한 거라 생각하고 이번만은 그냥 넘어가 주지."
"……."
"출군 시간은 내일 새벽으로 하겠소. 회의는 이것으로 끝낼 테니 다들 돌아가서 쉬도록 하시오."
소무백은 한경이 더 이상 이의를 제기할 틈을 주지 않고 회의를 끝내 버렸다.
연후는 신휘, 철우와 함께 혈왕군이 있는 곳으로 향했다. 가는 내내 낭인 무사들의 쏟아지는 시선을 온몸으로 받아야 했다.
몇몇이 흥분을 가라앉히지 못하고 다가서다가 철우의 싸늘한 눈빛에 놀라서 뒤로 엉덩방아를 찧기도 했다.
"단독 작전권은 사전에 이미 논의가 끝난 거겠지?"

"한낱 군영지의 수장을 총사로 따를 순 없잖아."

"대지존이 왔으면 당연히 대지존이 총사가 되어야 하는 거 아닌가?"

"대지존은 논외의 존재라 벌에서 임명한 자가 총사의 직을 수행하는 것이 벌의 법칙이라더군. 물론 중요한 작전에 앞서 대지존의 허락은 받아야겠지."

"하여튼 이해할 수 없는 집단이라니까."

그때였다. 연후가 미간을 좁히며 물었다.

"자네가 저곳에 자리를 잡았나?"

"무슨 소리. 도착하니까 바로 저곳으로 안내를 하던데?"

연후가 미간을 좁힌 이유는 혈왕군의 군영이 백야검단과 가장 멀리 떨어진 곳에 위치하고 있어서였다.

그 사이에 전가와 혈가의 군영이 있어서 바꿔 달라고 할 수도 없는 노릇이었다.

"충!"

연후가 다가가자 혈왕군이 일제히 자리에서 일어나며 군례를 취했다.

산천초목이 놀라서 혼이 달아날 것 같은 우렁찬 군례에 다른 가문의 무사들은 물론이고, 맞은편 군영에 자리를 잡고 있던 낭인 무사들까지 화들짝 놀랐다.

"악소."

"예, 주군."

"너는 지금부터 대지존의 호위를 맡는다. 이미 논의가 끝났으니 바로 가도록 해."

"알겠습니다."

악소는 곧장 소무백이 있는 곳으로 떠났다.

"그럼 새벽에 보자고."

신휘가 혈왕군 속으로 들어가자 연후는 막사로 향했다. 막사 바로 옆에는 동방리와 서령의 막사가 있었다.

마침 밖에 나와 있던 동방리가 연후를 발견하고는 다가왔다.

"차를 준비할까요?"

"피곤하지 않소?"

"괜찮아요."

"그럼 한 잔 부탁하겠소."

"그럼 잠시만 기다리세요."

연후는 막사로 들어가는 동방리를 응시했다. 그녀가 막사의 문을 열자 문틈으로 서령의 옆모습이 얼핏 보였다.

햇빛에 반사된 그녀의 은발이 반짝반짝 빛을 발하며 시선을 사로잡았다.

연후는 저 은발이 마음에 걸렸다. 처음 서령의 변화를 보았을 때 알 수 없는 불길함에 휩싸였던 것은 무림에 떠도는 마녀에 관련한 한 줄기 전설 때문이었다.

백발마녀(白髮魔女).

언제, 어디서부터 시작되었는지 모를 전설은 백발마녀의 강력함과 그녀가 불러올 세상의 혈풍(血風)을 경고하고 있었다.

-체내의 독 때문에 은발로 변한 것 같아요.

연후는 동방리의 이야기를 떠올리며 시선을 돌렸다. 머리가 은발이라고 해서 백발마녀라고 단정 지을 수는 없는 노릇이었다.

그것보다는 생사를 넘나들던 서령이 하루아침에 말끔히 나았다는 점이 더더욱 신경이 거슬렸다.

막사 밖에서 철우가 물었다.

"괜찮겠습니까?"

"뭐가."

"저 여자를 동방가주의 곁에 두는 거 말입니다."

"괜찮다. 저 여자는 동방가주에게 매우 고마워하고 있다. 그것 때문에 여기까지 올라온 거고."

"다른 목적도 있지 않습니까."

"내가 당할까 걱정되는 거냐?"

"그럴 리가요. 하지만 성가신 일이 벌어지면……."

철우가 말을 끊었다. 동방리가 쟁반을 들고 오는데, 서령이 그 뒤를 따라오고 있었다.

서령이 철우를 묘한 눈으로 쳐다봤다. 철우는 그 시선을 피하지 않았다.

[그렇게 걱정되면 한시도 곁에서 떨어지지 않도록 해요.]

[쓸데없는 짓을 하면 그 즉시 넌 죽는다.]

철우의 싸늘한 경고에 서령은 흐릿하게 웃어 주고는 동방리를 따라 막사 안으로 들어갔다.

"같이 한잔해도 되겠죠?"

"얼마든지."

"고맙다고는 하지 않을게요."

"신경전은 나중에 벌이시고 차부터 드세요."

"고마워요."

"고맙소."

차를 한 모금 마신 서령이 동방리를 향해 엄지손가락을 치켜세웠다. 그 모습을 보며 연후는 적어도 서령이 동방리에게 이상한 짓은 하지 않을 거라는 확신이 들었다.

연후는 동방리에게 물었다.

"보의(寶衣)는 갖춰 입었소?"

"그럼요."

동방리가 상의를 살짝 제쳤다. 그러자 그물모양의 보의가 드러났다.

송영이 동방리를 위해 심혈을 기울여서 만든 것으로 전

설의 보의라는 천잠보의(天蠶寶衣)에 필적하는 방어력을 지니고 있었다.

또한 비단처럼 부드러워 동방리의 풍만한 가슴이 그대로 굴곡을 드러낼 정도였다.

물론 효능에 대해서는 송영의 말이 그러할 뿐, 실전에서 확인된 바는 없었다.

연후는 서령을 직시했다.

"새벽에 같이 떠날 건가?"

"가주가 가시면 저도 가야죠."

[내 마음이 변했을 거라 착각하지 마세요. 순전히 나를 돌봐 준 것에 대한 고마움의 표시라고 해 두죠.]

육성과 전음을 동시에 시전하는 서령이었다.

[다시 말하지만 쓸데없는 짓을 하면 넌 이곳에 묻히게 될 거다.]

"흥!"

서령이 코웃음을 치고는 찻잔을 들어 입으로 가져갔다. 동방리가 두 사람을 번갈아 응시하더니 곱게 미간을 찡그렸다.

"이젠 전음으로 신경전인가요?"

"쓸데없는 말을 해서……."

"이곳에 나를 묻어 버리겠다고 한 사람이 누군데."

"예에?"

"차 잘 마셨어요. 저는 산책 좀 하고 올게요."

서령이 먼저 나갔다.

동방리가 나지막이 한숨을 내쉬며 말했다.

"찻잔은 주군께서 좀 치워 주세요. 다른 사람 시키지 말고요."

"……."

동방리가 서령을 쫓아 막사를 나서자, 연후는 남은 차를 마저 비웠다. 마침 서백과 육손이 들어왔다.

육손이 손에 쥐고 있던 것을 보여 주며 말했다.

"적이 있는 것으로 추정되는 주변을 지도로 그려 봤습니다. 혹시 몰라 이곳에 주둔 중이던 사람한테 물어봤더니 거의 비슷하다고 했습니다."

"독수리가 본 것을…… 너도 그대로 떠올릴 수 있다는 말이냐?"

"아직 완벽하지는 않지만 이 정도는 이제 충분히 가능합니다."

연후는 할 말을 잃었다. 이거야말로 놀랄 노 자가 아니고 뭐겠는가.

'어쩌면 이 녀석이 광마의 검보다 더 강력한 무기일지도 모르겠군.'

"서백."

"예?"

"이것 좀 치워라."
"옙."
대답을 한 서백이 육손을 빤히 쳐다봤다. 그 모습을 본 연후가 한마디 더 했다.
"네가 치워."
"……."

6장
월가의 욕심

月가의 욕심

'총사 한경의 자격부터 박탈시켜야 한다.'

연후의 첫 번째 목표는 바로 이것이었다.

한경을 총사의 직에서 물러나게 만들어야 소무백에게 힘이 실릴 테고, 그래야만 자신이 원하는 대로 이 전쟁을 주도할 수 있으리라.

그러자면 누구라도 수긍할 만한 명분이 있어야 한다. 그것을 위해 연후는 더 이상의 정보를 공개하지 않았다.

'대를 위해 작은 것 정도는 잃어야 하는 법.'

소무백이 힘이 있었더라면 불필요한 작전이었지만, 현 상황에서는 반드시 필요한 일이었다.

휘이잉!

새벽녘부터 불어 대는 바람이 중원의 그것과는 비교조

차 할 수 없을 만큼 차가웠다. 바람을 맞으며 진군하는 무사들의 수염이 얼어붙은 입김으로 인해 하얗게 변할 정도였다.

철그럭, 철그럭.

전마들이 움직일 때마다 울리는 쇳소리가 새벽의 적막함을 깨트리는 가운데, 혈왕군은 빠르지도 느리지도 않은 속도로 북부 산악 지대를 향해 나아갔다.

그렇게 얼마나 나아갔을까?

끼아악!

독수리 한 마리가 나타났다.

독수리는 육손의 어깨 위로 떨어져 내렸다.

모두가 육손을 주목했다. 그가 독수리와 소통하는 모습은 아무리 적응을 하려 해도 신기할 따름이었다. 해서 어떤 이들은 육손을 만수왕(萬獸王)이나 조왕(鳥王)이라 부르곤 했다.

"이번에는 또 어떤 정보를 물어 왔을까요?"

"곧 알게 되겠지."

잠시 후 독수리가 날아오르자 육손이 연후에게로 다가왔다.

"적으로 추정되는 일지군이 서쪽 협곡을 타고 남하중이라고 합니다. 병력의 수는 대략 삼천인 것 같습니다."

"숫자를 세는 것도 가능하냐?"

"제법 똑똑한 놈입니다."

피식.

곳곳에서 헛웃음이 터졌다.

"죽지 마라, 육손."

"제가 그만큼 소중한 인재라는 말씀이죠? 알겠습니다. 무슨 일이 있어도 절대 죽지 않겠습니다!"

신휘가 물었다.

"서쪽을 타고 내려가면 삭주군 본영을 노릴 수도 있을 것 같은데…… 우리가 처리할까?"

"아니야. 이쯤에서 삭주군의 능력을 시험해 보는 것도 나쁘진 않을 것 같아."

연후의 그 말에 신휘는 그가 또 뭔가를 계획하고 있음을 눈치채고는 의미심장한 미소를 지었다.

"우린 욕먹을 짓을 너무 많이 하는 것 같아."

"언제 우리가 그런 걸 신경 썼나?"

"전혀. 후후후."

"후후후."

* * *

혈왕군의 바로 뒤에서 소무백과 백야검단이 따라오고 있었다. 소무백의 곁은 철군악과 호위장 허도, 그리고 악소가 지키고 있었다.

 허도가 악소를 돌아봤다.

 한때 지존궁에서 함께 생활했던 그를 보니 반가운 마음이 앞섰다. 다만 여전히 악소의 진정한 정체가 궁금했다.

 철군악에게 물어봤지만 그 역시도 제대로 모르는 눈치였다.

 '그저 철혈가주가 보낸 사람이라는 이유만으로 대지존의 곁에 두다니…….'

 악소가 백운과 함께 백야벌에 왔을 때부터 품었던 의문은 여전히 진행 중이었다.

 '그나저나 이젠 하대를 하기가 좀 애매해졌군.'

 이제 악소는 지존궁의 호위무사가 아니라 철혈가주의 측근 자격으로 함께하고 있었다. 아무리 허도가 소무백의 호위장이라도 함부로 대할 순 없는 노릇이었다.

 그때 악소가 고개를 돌리다가 둘의 시선이 마주쳤다. 허도는 씩 웃었다.

 [잘해 봅시다.]

 악소는 묵묵히 고개만 끄덕이고는 전방으로 시선을 돌렸다. 기분이 나쁠 수도 있는 태도였지만 허도는 괘의치 않았다.

 '대지존께 도움이 된다면야…….'

 그때 소무백이 북쪽을 응시하며 중얼거리듯 말했다.

"곧 있으면 전투가 시작되겠군요."

"북부의 정보가 정확하다면 곧 시작될 듯합니다."

전가와 월가는 반 시진 먼저 움직였다. 예상대로라면 적의 선봉 부대가 있는 것으로 추정되는 지역에 거의 다 다랐을 터였다.

소무백이 다른 것을 물었다.

"대막은 왜 굳이 산서성을 고집했을까요?"

"이곳을 관통하면 곧장 중원의 중심부로 치고 내려갈 수 있습니다. 아마도 그러한 이유가 아니겠습니까."

"그만큼 자신이 있다는 것이겠지요?"

"자신이 없다면 감히 침공을 해 오지 못했을 것입니다. 일각에서는 서장무림과 사전에 시기를 조율한 것은 아닐까 의심하고 있습니다."

"그럴 테지요."

소무백은 나지막이 숨을 토했다. 숨은 곧 수증기로 변했고, 이내 콧수염 위로 하얗게 내려앉았다.

"어차피 이번 출병은 적의 선봉 부대를 격퇴하기 위함일 뿐, 진정한 전쟁은 대막의 대원수가 주력을 이끌고 내려왔을 때 시작됩니다. 다들 최선을 다해 주세요."

"알겠습니다."

그때였다.

펑펑펑!

전방 하늘에서 불꽃이 연이어 터졌다. 전가가 사용하는 신호탄이었다.
"저쪽에서 교전이 시작된 모양입니다!"
소무백은 크게 심호흡을 했다. 그러고는 주변을 향해 힘주어 말했다.
"전속으로 진군하시오!"
"전속 진군이다!"
두두두!
백야검단이 전속 진군을 준비할 때, 앞에서 이동하던 혈왕군이 맹렬히 달려 나갔다.
이미 사천성에서 돌아올 때 경주를 한 바가 있었던 백야검단도 질세라 뒤를 쫓아 달려 나갔다.
두두두!

* * *

까가강!
콰지직!
"크악!"
"으아악!"
"적이다! 적의 기습이다!"
고요했던 대막 군영이 대혼란에 휩싸였다.

처절한 단말마가 깊은 잠에 빠졌던 태무령을 깨웠다. 마침 측근 하나가 황급히 뛰어들었다.

"부원수님! 적의 기습입니다!"

"뭐라?"

태무령의 낯빛이 싹 변했다.

기습이라니. 자신들이 이곳에 있는 것을 적이 어떻게 알고 기습을 해 왔단 말인가.

"대체 경계를 어떻게 했기에 이 깊숙한 곳까지 적이 들어와 기습을 감행한단 말이냐!"

"평소대로 경계에 만전을 기했는데……."

쾅!

태무령은 침상을 박차고 내려와 갑주를 걸치고 장검을 챙겨 밖으로 나섰다.

우와아아!

"크아악!"

"으아악!"

교전은 군영을 향하는 길목 곳곳에서 벌어지고 있었다.

태무령은 즉각 높은 곳으로 뛰어올랐다. 일단은 적의 규모부터 확인을 해야 했기 때문이다.

그가 올라서자 곳곳에서 중무장을 한 자들이 나타났다. 선봉 부대의 주요 고수들이었다.

태무령은 교전이 벌어지고 있는 곳을 내려다봤다. 우거진 숲 때문에 제대로 확인하기란 불가능했지만 결코 적은 병력이 아님은 충분히 확인할 수 있었다.

'기병은 하나도 오지 않았다?'

태무령은 비로소 기습이 가능했던 이유를 깨달았다. 그는 좌측을 돌아봤다.

마침 군영 뒤쪽에서 빠르게 움직이는 자들이 있었다. 윤기가 자르르 흐르는 갑주에 완만하게 휘어진 반월도(半月刀)로 무장을 한 그들은 태무령이 가장 아끼는 전투부대였다.

그들은 태무령이 올라 있는 곳까지 달려와 도열했다.

"기습을 해 왔다면 우리도 기습을 해 주지."

싸늘히 중얼거린 태무령은 측근에게 지시를 내렸다.

"일군은 적의 전면을 방어하고, 이군은 우회하여 적의 좌측을, 삼군은 적의 우측을 공격하라!"

"예!"

두 고수가 바람처럼 뛰어 내려갔다.

스르릉.

태무령은 도를 뽑았다. 그 역시도 반월도였지만 다른 자들의 것과는 확연히 크기와 두께부터가 달랐다.

"모조리 귀신으로 만들어 주마."

쾅!

바닥을 차고 오른 태무령은 신기에 가까운 경공술로 땅 위로 사뿐히 내려섰다.

"우리는 적의 배후를 친다. 전속으로 따라오너라!"

"예!"

*　*　*

월가의 전주 방개의 얼굴에 미소가 진하게 번졌다.

"기습이 제대로 통했군. 후후후."

첫 교전이 벌어진 지점에서 불과 얼마 떨어지지 않은 곳에 적진의 중심부가 보였다. 이토록 가깝게 접근했다면 기습은 완벽하게 성공한 것이라 볼 수 있었다.

번쩍!

한 줄기 섬광이 날아들었다.

"흥!"

방개는 코웃음을 치며 수중의 검을 수직으로 떨어뜨렸다.

퍽!

"크악!"

그를 노리고 달려들었던 적 하나가 수직으로 쪼개지는 참혹한 죽음을 맞았다.

방개는 얼굴을 더럽힌 피를 닦아 내며 전장 곳곳을 둘

러보았다. 벌써 저지선 한 곳을 돌파하기 직전이었다. 이미 저지선을 넘어가는 부대도 있었다.

"초원의 들개만도 못한 것들이 감히 중원을 넘보다니. 모조리 황천으로 보내 주마."

까가강!

"크악!"

"으악!"

방개는 호위들과 함께 가장 치열하게 싸우고 있는 전장으로 뛰어들었다.

그때였다.

"전주님! 저길 보십시오!"

측근의 다급한 외침에 방개는 고개를 돌렸다. 좌측에서 적들이 몰려나오고 있었다.

그들에 의해 아군의 측면이 급속도로 무너지고 있었다.

"크하하! 중원의 잡종 새끼들! 여기가 어디라고 기어들어왔느냐!"

"모조리 골로 보내 버려!"

콰콰콱!

"으아악!"

"크악!"

방개의 눈에서 살광이 터졌다.

"일대와 이대는 좌측을 지원하라!"

"예!"

뒤쪽에서 올라오던 전투 부대 두 곳이 좌측으로 빠져나갔다. 그들이 합류하자 금방 무너질 것 같았던 좌측 전선이 비등비등한 양상으로 바뀌었다.

"가자꾸나!"

쾅!

방개는 곧장 전장으로 뛰어들어 무자비한 살수를 전개하기 시작했다. 월가에서도 손에 꼽히는 고수인 그의 검을 당해 낼 적은 없었다.

또한 그를 따르는 호위 부대의 위력도 막강했다. 살수들이 정면 대결에서 약하다는 통념이 그들에게서만큼은 손톱만큼도 찾아볼 수가 없었다. 덕분에 얼마 지나지 않아 저지선의 중앙을 돌파할 수 있었다.

그때였다.

"쳐라!"

"모조리 대갈통을 날려 버려!"

우측에서 적들이 달려 나왔다.

막 저지선을 넘어 적의 중심부로 뛰어들려 했던 방개가 뒤를 돌아보며 소리쳤다.

"놈들을 막아라!"

파파팟!

또다시 전투 부대 두 곳이 우측으로 달려 나갔다. 그들마저 빠져나가면서 이제 후방을 지키고 선 부대는 한 곳뿐이었다.

"전주님! 적의 병력이 예상보다 너무 많은 것 같습니다! 아무래도 전가가 올라올 때까지 전선을 뒤로 물리는 것이 좋겠습니다!"

"무슨 소리! 적은 고작 선봉 부대일 뿐이다. 더 이상의 병력이 있을 리가 없으니 그대로 치고 들어간다!"

"전주님!"

"닥쳐라!"

"……!"

방개는 무시하고 적진으로 뛰어들었다.

사실 그는 전가와 약속했던 시간보다 더 빨리 움직였다. 선공을 통해 전공을 세워 전가의 오만한 콧대를 납작하게 만들어 줄 심산이었다. 그런 이유로 전장에 전가의 병력이 보이지 않았던 것이다.

쐐애액!

암기가 우박처럼 날아들었다.

따다다당!

하지만 호신강기와 검막을 뚫지 못하고 모조리 튕겨 날아갔고, 방개와 호위 부대는 암기가 날아든 곳으로 뛰어들었다.

콰콰콱!

"으악!"

"크아악!"

방개의 검은 자비를 몰랐다.

그를 따르는 호위 부대도 잔혹한 손속에 있어서는 결코 못지않았다.

하지만 적의 저항도 만만치 않았다. 짧은 시간에 수십 명이 피를 뿌리며 쓰러졌다.

방개는 그것조차 용납할 수가 없었다.

"어째서 이따위 짐승만도 못한 것들한테 목을 내주는 것이냐! 정신 차리지 못할까!"

잠시 후, 방개와 호위 부대는 두 번째 저지선마저 돌파하고 적진의 중심부로 뛰어들었다.

그런데 뭔가 이상했다.

당연히 적으로 들끓어야 할 곳이 조용해도 너무 조용했다. 곳곳에 수백 명씩 있었지만 그들은 교전을 포기한 듯 숲속으로 사라졌다.

"후후후. 벌써 줄행랑을 친 모양이군."

방개의 입가에 회심의 미소가 번져 갈 때였다.

콰콰콱!

콰지직!

"으악!"

"크아악!"
"후방에 적이다! 적의 기습이다!"
방개의 두 눈이 급격히 흔들렸다.
자신을 쫓아오던 후방 부대가 한순간 혼란에 휩싸여 가고 있었다.

* * *

연후와 혈왕군, 그리고 소무백과 백야검단은 당초 작전대로 전장에서 남쪽으로 조금 떨어진 곳에 자리를 잡았다.
후방 지원이 목적이었지만 여차하면 지원에도 나설 계획이라 최대한 가까운 곳에서 대기했다.
바람을 타고 격렬한 전투의 흔적이 전해졌다. 내공이 심후한 고수들은 바람 속에 섞여 있는 처절한 단말마까지 들을 수 있었다.
연후는 철군악과 나란히 전마에 올라 북쪽을 바라봤다.
"아직 지원을 요청하는 신호탄을 쏘지 않는 것을 보면 상황이 괜찮은 모양입니다."
철군악의 그 말에 연후는 고개를 가로저었다.
"이제 막 시작했을 뿐이 더 지켜봐야 할 것 같소. 그리고 하나 걸리는 게 있는데……."

"걸리는 것이라니요?"

"전장이 한쪽으로 치우쳐 있소. 전가와 월가가 함께 공격을 한 것이 아니라면, 두 가문 중 한 곳은 아직 전투에 나서지 않았다고 봐야 할 것 같소."

"소리만으로 판단하신 겁니까?"

"그렇소."

철군악의 두 눈이 이채를 발했다. 자신도 싸우는 소리 정도는 흐릿하나마 들을 수 있었다. 하지만 전장이 돌아가는 상황을 예측할 정도까지는 무리였다.

'역시…….'

연후가 말을 이었다.

"두 가문이 제대로 협조가 되지 않는 모양이오."

당초 작전은 전가와 월가가 양방향에서 기습을 하기로 되어 있었다. 그렇다면 전장의 범위가 지금보다는 훨씬 넓어야 했다.

하지만 바람에 섞인 비명과 싸우는 소리는 지나치게 한쪽으로 치우쳐 있었다.

그때였다.

펑펑!

하늘에 두 발의 폭죽이 터졌다.

두 발의 폭죽은 월가가 사용하는 신호탄으로, 위급한

상황에서 신속한 지원을 요청할 때, 쓰이는 것이었다.

연후는 뭔가 잘못되었음을 확신하곤 소무백을 돌아봤다.

마침 소무백이 그를 돌아보면서 시선이 딱 마주쳤다.

"지원에 나서야 할 때인 것 같습니다."

"알겠습니다."

먼저 혈왕군이 달려 나갔다.

소무백과 백야검단이 뒤를 쫓았다. 철군악은 앞서 달려가는 연후의 뒷모습을 응시하며 지그시 입술을 깨물었다.

이 전쟁을 대지존의 위상을 격상시키는 발판으로 삼을 것이오.

연후는 분명 그렇게 말했었다.

'제발 그렇게 되어야 할 텐데……'

* * *

"백야벌의 팔대가문이 고작 이 정도였나?"

태무령의 입가에 비웃음이 번져 갔다.

허점을 보여 주고 뒤를 치는 그의 계략은 완벽하게 맞아떨어졌다.

그 결과, 본영의 한복판까지 치고 들어왔던 월가의 병

력을 포위하는 데 성공했고, 짧은 시간에 반 이상을 섬멸하는 전과를 올릴 수 있었다.

그 와중에 더 많은 수하들이 죽었지만 태무령에게 그런 것쯤은 전혀 대수롭지가 않았다.

꽝!

"우악!"

태무령을 상대했던 월가의 고수가 피를 뿌리며 쓰러졌다. 결코 만만치 않은 고수였음에도 삼초를 버티지 못하고 허리가 두 쪽이 나고 말았다.

대막을 상징하는 무기, 반월도의 위력은 실로 막강했다. 하물며 태무령 정도의 고수라면 말할 것도 없었다.

퍽!

"크악!"

또다시 월가의 고수가 태무령의 반월도에 목이 날아갔다. 태무령은 거침이 없었고, 월가의 고수들은 그를 막지 못했다.

하지만 태무령도 월가의 고수들이 모여 있는 곳까지는 접근하지 않았다. 그는 알고 있었다.

일대일로는 여기 있는 누구라도 벨 수 있지만, 두 명 이상이면 자신이 당할 수도 있다는 것을.

까가강!

콰지직!

"크아악!"

"으악!"

"퇴로를 뚫어라!"

"누구 마음대로!"

피와 살이 튀는 혈전이었다.

하지만 전황은 이미 대막 쪽으로 기울어진 상태였다. 포위를 당한 월가는 퇴로를 뚫기 위해 사력을 다했지만 대막은 결코 빈틈을 드러내지 않았다.

그럼에도 월가는 꺾이지 않았다.

"퇴로를 뚫지 못하면 지원군이 올 때까지 버텨야 한다!"

"흩어지지 말고 검진을 고수해라!"

콰콱!

"크아악!"

"으악!"

그들은 여전히 강하고 날카로웠다. 오천을 잃었지만 대신 일만에 가까운 적을 죽였다.

"버텨라! 버티면 혈왕군이 온다!"

"사력을 다해 버텨라!"

누군가가 혈왕군을 부르짖었다.

그때였다.

와아아!

콰지직!

"으악!"

"우아악!"

돌연 월가의 뒤쪽을 차단했던 대막무림 쪽에서 혼란이 일었고, 그토록 견고했던 포위망 한쪽이 순식간에 무너지기 시작했다.

"전가다! 전가가 왔다!"

"개새끼들!"

지금껏 나타나지 않을 땐 뼈를 갈아 마시고 싶을 정도로 미웠지만, 막상 나타나니 이렇게 반가울 수가 없었다.

"이쪽으로!"

"속히 이곳을 빠져나가시오!"

월가는 전가가 열어 준 퇴로로 몰려들었다.

한편 지금껏 수하들을 이끌며 악전고투를 벌여 왔던 방개는 이를 바득바득 갈았다.

"두고 봐라, 이놈······."

방개는 전가가 일부러 늦게 온 것이라 확신했다. 이번 전쟁이 끝나면 경쟁자로 돌아갈 월가의 전력을 조금이라도 깎아 내기 위해서 말이다.

하지만 그걸 증명할 방법도 없을뿐더러 지금은 일단 이 자리를 벗어나는 게 먼저였다.

그는 수하들을 향해 목에 핏대를 세워 가며 소리쳤다.

"퇴각하라!"

* * *

"부원수! 적의 지원 병력이 왔습니다!"

"남쪽 포위망이 뚫렸습니다!"

"적들이 퇴로를 통해 빠져나가고 있습니다!"

연이은 보고에 태무령은 즉각 추격을 명령했다.

"전군, 추격하라!"

"부원수! 적의 본대가 멀지 않은 곳에 있습니다. 너무 깊숙이 쫓아가면 되레 아군이 위험에 처할 수도 있습니다!"

"걱정할 거 없다. 지금쯤 적의 본대도 한바탕 혼란에 빠져 있을 테니까. 후후후."

"……예?"

"내 아우가 사천의 정예를 이끌고 적의 본대를 치러 떠난 지 오래다. 아마도 지금쯤이면 기습에 성공했을 터. 하니 속히 도주하는 적들을 쫓아 섬멸하라!"

"예!"

와아아!

태무령은 적을 쫓아 맹렬히 뛰쳐나가는 수하들을 응시하며 차갑게 웃었다.

"팔대가문의 수준이 이 정도라면 이 전쟁은 우리가 이길 수밖에 없겠군. 후후후."

태무령이 다가올 장밋빛 미래를 생각하며 회심의 미소를 짓던 바로 그때였다.

팟!

태무령의 발아래에서 한 줄기 섬뜩한 기운이 일었다.

"……!"

쾅!

태무령은 땅을 박차고 뛰어오르며 수중의 검을 내리찍었다.

퍽!

태무령의 검은 자신을 노리고 솟구쳐 오르던 자의 정수리에 박혔다. 동시에 그의 왼쪽 다리에서 피가 튀었다.

"큭!"

신음과 함께 휘청거리는 태무령.

그제야 주변에 있던 호위들이 달려들었지만 상대는 이미 절명을 한 뒤였다.

"부원수! 괜찮으십니까!"

"무능한 것."

서걱!

황급히 다가서던 자의 머리가 뎅강 잘려 날아갔다.

호위의 머리를 벤 태무령은 피가 흐르는 다리를 내려다보며 눈빛을 떨었다. 하마터면 죽어서도 눈을 감지 못할 천추의 한을 남길 수도 있는 위기였다.

'이놈들…… 결코 방심하면 안 될 놈들이었다.'

상처는 제법 깊었다.

다행히 뼈까지 다치지는 않았지만 거의 근처까지 깊게 갈라져 있었다. 통증도 통증이지만 이런 상처면 한동안은 제대로 걸을 수 없을 터였다.

화아악!

태무령의 전신에서 강력한 기운이 뿜어졌다.

몰려들었던 호위들이 두려움에 뒤로 물러섰지만 더 이상의 잔혹한 일은 벌어지지 않았다.

"후욱!"

크게 심호흡을 한 태무령은 주변을 돌아보았다. 그러고는 좌측에 우뚝 솟아오른 절벽을 가리키며 말했다.

"군영을 저곳으로 옮긴다. 추격에 나선 부대가 돌아오면 저곳으로 오라 전하거라!"

"예!"

태무령은 새로운 군영으로 낙점된 절벽을 향해 걸었다. 걸을 때마다 피가 흘러 혈선이 이어졌지만 그는 누구의 부축도 거부했다.

* * *

펑펑!

또다시 두 발의 폭죽이 터졌다.

숲을 헤치며 달려가던 연후는 신호탄의 방향이 바뀐 것을 보고는 상황을 대충 짐작했다.

'쫓기고 있는 모양이군.'

신호탄이 터진 곳은 최초 교전지에서 서쪽으로 제법 떨어진 곳이었다. 퇴각한 게 아니라면 저 방향에서 지원을 요청해 올 까닭이 없었다.

'한풀 기가 꺾였을 테니 구해는 준다.'

정보를 일부만 제공한 것은 큰 그림의 시작이었다.

그의 첫 번째 목적은 전가와 월가의 기를 꺾어 두는 것이었다. 물론 소무백의 입지 강화를 노린 포석이었다.

아군의 희생을 빌미로 삼았다는 비난을 받을 수도 있겠지만 연후는 그런 것쯤은 전혀 아랑곳하지 않았다. 어차피 아무도 모를 테니까.

연후는 서쪽으로 방향을 틀었다.

신휘와 혈왕군이 즉각 그를 쫓아 방향을 틀었고, 백야검단도 다르지 않았다.

곧 산악 지대로 이어지는 벌판이 나타났고, 벌판의 초입에서 퇴각하는 전가와 월가가 보이기 시작했다.

앞쪽에 월가, 뒤쪽에 전가가 포진한 것을 보면 전가가 적의 추격을 막고 있음을 알 수 있었다.

신휘가 연후의 곁으로 바짝 다가섰다.

"오천을 데리고 우측으로 우회하겠네!"

"적이 물러가면 쫓지 말고 그냥 돌아오도록 해."

"그러지."

신휘가 오천의 혈왕군을 이끌고 우측으로 빠져나갔다. 나머지 오천은 연후의 뒤를 쫓았다.

잠시 후 가장 앞서 퇴각하던 월가의 병력이 연후와 마주쳤다.

"혈왕군이다! 혈왕군이 왔다!"

"철혈가주다!"

"빌어먹을! 이제 살았어!"

백야벌이라는 거대한 태양 아래에 함께 있지만, 팔대가문은 호시탐탐 서로를 노리는 적대적인 관계였다. 하지만 지금 이 순간만큼은 그들의 등장이 만세라도 부르고 싶을 만큼 반가웠다.

연후는 그들을 지나쳐 곧장 후방으로 달려 나갔다. 그리고 곧 치열한 교전이 벌어지고 있는 후방에 이를 수 있었다.

스르릉.

연후는 검을 뽑았다.

"철우, 무영."

"예, 주군."

"적의 수뇌부터 죽여라."

"알겠습니다."

철우와 백무영이 사라졌다.

"백운."

"예, 주군!"

"악마전과 함께 적의 측면을 쳐라."

"옙!"

백운과 악마전이 좌측으로 빠져나갔다.

연후는 마지막으로 혈왕군을 돌아봤다. 오천의 혈왕군은 신우가 이끌고 있었다.

"그대로 정면으로 치고 들어간다."

"예!"

파파파팟!

오천의 혈왕군이 엄청난 속도로 달려 나가자, 퇴각하던 월가의 고수들이 놀라며 황급히 좌우로 벌어졌다.

"크아악!"

"으아악!"

신휘가 적의 측면을 공격하기 시작했다.

하지만 먼저 공격을 시작한 것은 철우와 백무영이었다. 그들은 이미 적의 한복판으로 뛰어들어 상대적으로 실력이 높아 보이는 적들을 골라 죽이고 있었다.

"개자식! 감히 여기가 어디라고 기어 들어와!"

대막의 고수 하나가 백무영을 향해 반월도를 휘두르며

맹렬히 달려들었다.

　백무영은 그를 제쳐 놓고 그 옆에 있던 자의 목을 베었다.

　퍽!

　"크악!"

　백무영을 향해 달려들던 자는 철우의 몫이었다. 언제, 어디서 나타났는지조차 모르게 그는 상대의 목을 가차 없이 쳐 냈다.

　퍽!

　그때였다.

　철우의 뒤쪽에서 맹렬한 기운이 날아들었다. 기운이 일어났다 싶은 순간 이미 돌아선 철우는 상대가 전가의 고수임을 알아챘다.

　하지만 그는 검을 멈추지 않았다.

　퍽!

　"크악!"

　피를 뿌리며 쓰러지는 전가의 고수를 향해 철우는 무심히 한마디 날렸다.

　"미안. 적인 줄 알았다."

　다른 전가의 고수들이 흠칫하며 뒤로 물러섰다. 철우는 그들을 향해서도 한마디 날렸다.

　"너희들도 봤잖아. 어쩔 수 없는 상황이었다는 거."

　"……."

"언제까지 멍청하게 서 있을 생각이지?"

마침 두 명의 적이 전가의 고수들을 향해 달려들다가 백무영에 의해 무참히 도륙이 나 버렸다.

백무영의 눈에서 한기가 번뜩였다.

"너희들…… 안 싸울 거면 방해하지 말고 꺼져."

"……!"

* * *

기세 좋게 추격에 나섰던 대막무림.

전가가 앞을 막아섰지만 병력에서 훨씬 우위였던 까닭에 그들마저도 쓸어버릴 수 있을 거라 자신했다.

모든 것이 뜻대로 되어 가는 것 같았다.

하지만 난데없이 측면을 치고 들어온 혈왕군으로 인해 상황은 반전을 향해 치닫기 시작했다.

콰지직!

"크아악!"

"으악!"

"측면에 적이다!"

"빌어먹을! 혈왕군이잖아!"

혈왕군의 위력은 대막에도 알려져 있었다. 그렇다면 선두에서 동료들을 제물 삼아 핏빛 죽음을 양산하고 있는 혈왕은 어떠할까.
"혈왕이다!"
"피해라!"
대막무림의 측면은 순식간에 붕괴되었다.
하지만 모두가 다 혈왕과 혈왕군을 무서워한 것은 아니었다.
"대형을 유지해라!"
"자리를 지켜라!"
천인장 두 명이 고래고래 악을 쓰며 앞으로 나섰다. 그런 그들이 가장 먼저 본 것은 한 마리 사자처럼 수하들을 쓰러뜨리는 신휘의 압도적인 모습이었다.
마침 신휘가 그들을 발견하고는 방향을 틀었다.
"혈왕이고 나발이고, 우리 둘이면 충분히 대적할 수 있다!"
"내가 왼쪽을 맡겠다!"
두 천인장은 오히려 신휘를 향해 맹렬히 달려들었다. 동시에 신휘의 검이 핏빛 강기를 일으켰다.
깡!
"크악!"
반월도가 부러지며 머리 반쪽이 떨어졌다. 동료의 참혹한 죽음에 그제야 만용을 부린 것을 깨달았지만, 다른 한 명도 이내 수직으로 쪼개지는 참혹한 죽음을 맞아야 했다.

퍽!

"크아아악!"

피를 뒤집어쓴 신휘는 혈왕군을 향해 명령을 내렸다.

"뒤쪽을 차단한다!"

"뒤쪽을 차단한다! 방어진!"

처처처척!

혈왕군이 방향을 뒤쪽으로 틀었다. 아직 전장에 이르지 못한 적들을 막기 위함이었다.

"흐흐흐. 어서 와 봐, 개자식들아. 모조리 대갈통을 쪼개 줄라니까."

달려오던 기세 때문에 멈출 수가 없었던 대막무림의 일부 병력이 그대로 혈왕군과 정면으로 충돌했다.

콰지직!

콰콰콱!

"크아악!"

"으악!"

작정하고 자리를 잡은 상태에서 거대한 방어진을 형성한 혈왕군은 철벽, 그 자체였다.

과거에도 강했는데, 연후에게서 새로운 진법까지 전수받은 지금의 혈왕군은 대막무림이 알고 있던 혈왕군이 아니었다.

순식간에 수백 명이 피를 뿌리며 쓰러졌고, 뒤를 쫓아

들던 자들마저 놀라 뒤로 물러서기 시작했다. 그로 인해 대막무림은 앞과 뒤가 분리되는, 그야말로 허리가 끊기는 형국에 놓였다.

신휘의 명령이 이어졌다.

"자리를 고수한다."

"자리를 고수한다!"

뒤쪽이 차단당했다는 것을 까맣게 모르고 있는 앞쪽 병력은 혈왕보다 더 무서운 존재와 맞닥뜨렸다.

연후와 그가 이끄는 오천의 혈왕군이었다.

"공격 대형."

"공격 대형으로 전환한다!"

오천의 혈왕군이 각각 일천씩 갈라지며 끝이 뾰족한 삼각형의 공격진으로 전환했다.

"공격."

"혈왕군! 그대로 밀고 들어간다!"

콰콰콰!

"물러서지 마라! 막아라!"

"적은 고작 오천에 불과하다! 물러서지 말고 맞서 싸워라!"

대막무림도 물러서지 않았다. 만약 뒤가 차단당했다는 것을 알았다면 절대 이러진 않았을 것이다.

"철혈가주다! 놈을 죽이면 이 전투는 우리가 승리……."

퍽!

수하들을 독려하던 수뇌의 이마에서 피가 튀었다. 뒤이어 뒤에 서 있던 두 명마저 머리에서 피를 쏟으며 꼬꾸라졌다.

그리고 그 뒤쪽.

퍽!

한 대막무림의 고수가 가슴에 박힌 화살을 내려다보며 두 눈을 부릅떴다.

다행히 화살이 깊숙이 박히지 않았던 까닭에 목숨은 구할 수 있었지만, 세 명을 관통하고 자신에게까지 날아온 화살의 위력에 그는 입을 쩍 벌렸다.

그게 그의 마지막이었다.

쐐애액!

퍽!

"컥!"

어딘가에서 날아든 화살이 목을 관통하고 그 뒤의 두 명마저 꿰뚫었다.

"난사하지 말고 집중해라, 서백."

"옙!"

* * *

"혈왕군이…… 이렇게까지 강력했다니…….."

태무령을 대신하여 추격군을 이끌었던 세 명의 수뇌, 그중 한 명인 중년인의 두 눈이 세차게 흔들렸다.

모든 것이 자신들에게 압도적으로 유리했던 상황이었다. 그런데 혈왕군이 개입하면서 전황은 급속도로 어지럽게 흘러갔다.

신휘로 인해 측면이 무너졌을 때까지만 해도 어떻게든 이길 수 있을 거라는 자신이 있었다.

하지만 또 한 무리의 혈왕군이 정면에서 치고 들어오면서부터 전황은 급속도로 자신들에게 불리한 쪽으로 흘러갔다.

흔들리는 중년인의 눈동자에 한 사람의 영상이 맺혔다. 처음에는 아주 작은 점이었다가 이내 점점 커지기 시작하더니 순식간에 동공을 빈틈없이 가득 채웠다.

연후였다.

"철혈가주……."

중년인의 반월도가 강기를 일으키며 허공을 갈랐다. 빠르고 위력적이었으며, 스치기만 해도 몸이 잘려 날아갈 것 같은 파괴력이 담긴 한 수였다.

연후는 달려가던 속도를 늦추지 않고 날아드는 반월도의 측면을 가볍게 후려쳤다.

따앙!

경쾌한 소리와 함께 반월도가 눈에 보이지 않을 만큼

흔들렸다. 흔들림 속에는 무시무시한 위력이 담겨 있었고, 이내 제 주인의 손목을 부러뜨리고 말았다.
퍽!
"크윽!"
중년인의 손목 위로 뼈가 튀어나왔다.
"서백, 놈을 끌고 가라!"
"옙!"
연후는 중년인을 지나쳐 뒤쪽으로 날아갔다. 뒤이어 그가 있던 자리로 달려온 서백이 중년인의 왼팔을 뎅강 잘라 버렸다.
퍽!
"크악!"
"그러게 누군지 알아봤으면 냉큼 내뺐어야지. 어디 건방지게 달려들어."
서백이 중년인의 마혈을 제압하고 어깨에 둘러메려고 할 때였다.
좌우에서 섬뜩한 기운이 날아들었다.
"……!"
서백은 팽이처럼 회전하며 좌측으로 빠졌다. 동시에 우수를 뻗어 오른쪽에서 달려들던 적을 막았다.
깡!
서백은 충격의 반력을 이용해 몸을 더 빠르게 회전시키

며 이번에는 좌측에서 달려들던 적을 향해 일검을 휘둘렀다.

퍽!

"크악!"

갑작스레 나타난 자들은 다른 이들과 달리 짧고 좁은 검을 든 채 얼굴을 모두 갈린 복면을 쓰고 있었다.

"살수구나."

그때였다.

서백을 공격할 것 같던 나머지 하나가 돌연 마혈을 제압당한 채 쓰러져 있던 중년인을 향해 전광석화처럼 움직였다.

씨익.

"업고 도망이라도 치게?"

서백은 비웃음을 띠다가 순간 두 눈을 부릅떴다.

꽉!

복면인이 중년인의 머리에 검을 쑤셔 박고는 그대로 전장 속으로 사라지는 것이 아닌가.

"이런……."

서백은 당황하여 어쩔 줄을 몰라 했다.

연후가 내린 명을 지키지 못했다는 사실이 그의 심경을 복잡하게 만들었다.

딱!

누군가 서백의 뒤통수를 때렸다.
철우였다.
"정신 차려."
"……."
"주군은 어디 계시지?"
"……저쪽으로 가셨습니다."
쾅!
철우는 곧장 서백이 가리킨 곳으로 몸을 날렸다.

* * *

연후는 곧장 대막군의 본영으로 향했다.
그 와중에 수많은 적들이 그의 검에 의해 죽어 나갔다. 몇몇이 뒤를 쫓아왔지만 소용없었다.
그렇게 얼마를 달렸을까?
시커먼 연기로 자욱한 적의 본영이 서서히 드러나기 시작했다. 주변을 살펴보니 수천의 병력이 어디론가 바삐 움직이고 있었다.
'군영을 옮긴다?'
짐을 잔뜩 실은 수레.
그리고 군영 곳곳에서 연기를 뿜어내는 화염을 그대로 방치한 것을 보면 군영을 옮기는 것이 틀림없었다.

연후는 우거진 숲을 이용해 병력이 이동하는 앞쪽으로 은밀히 접근했다. 병력을 이끄는 수괴를 찾기 위함이었다.

하지만 수괴로 짐작 가는 자는 보이지 않았다. 다만 몇몇이 고래고래 악을 쓰며 병력을 지휘하고 있었다.

연후는 검을 거뒀다. 그리고 대신 월아가 모습을 드러내었다.

그때 철우가 나타났다.

[공격하실 겁니까?]

[우리 둘이서는 무리다. 대신 이후를 생각해서 한 번 정도는 밟아 줘야겠지.]

[어떻게 말입니까?]

[보급물품을 모조리 불태운다.]

[하면 제가 뒤쪽을 맡겠습니다.]

[무리하진 마라, 철우.]

[알겠습니다.]

철우가 뒤쪽으로 사라지자 연후는 그대로 숲을 뛰쳐나가며 두 손에 화염을 일으켰다.

화르륵.

화염은 줄지어 늘어선 채로 이동하던 수십 대의 마차 한가운데로 떨어졌다.

쾅!

"으악!"

"크악!"

화염을 뒤집어쓴 적들이 비명과 함께 나가떨어지면서 불꽃이 일었다.

화르륵!

"적이다! 적의 기습이다!"

"수레를 지켜라!"

화르륵!

콰콰쾅!

연후는 닥치는 대로 화염을 날렸다. 그러다가 한 수레에서 거대한 폭발이 일었다.

콰아아앙!

"크아악!"

"으악!"

거대한 불기둥이 이십 장이나 치솟을 정도로 엄청난 폭발에, 주변에 있던 적들이 가랑잎처럼 날아갔다. 연후조차도 놀랄 만한 위력이었다.

연후는 바람 속에 섞인 냄새로 수레에 뭐가 들어 있었는지 알 수 있었다.

'맹화유를 싣고 있었군.'

악마의 불꽃이라는 맹화유의 냄새가 틀림없었다.

연후는 다시 숲으로 들어가 전방을 살폈다. 앞서 이동

하던 적들이 황급히 뒤돌아오고 있었다.

그때 뒤쪽에서도 폭발이 일었다.

콰콰쾅!

화르륵!

잠시 후 철우가 돌아왔다.

둘은 잠시 숲에서 화염에 휩싸여 가는 수레들을 지켜보았다.

"저 정도면 적의 선봉 부대가 보급품 부족에 시달릴 수도 있겠습니다. 기왕에 시작한 거 더 부숴 버릴까요?"

"이제부터는 대지존이 직접 나서야 할 때다. 하니 돌아가서 이곳으로 오시라 전하고, 너도 혈왕군과 함께 오도록 해."

"……."

"걱정 마라. 혼자 위험한 짓은 하지 않을 테니까."

"알겠습니다. 하면 다녀오겠습니다."

"알겠습니다."

철우가 떠났다.

연후는 시선을 들어 깎아지른 절벽이 병풍처럼 늘어선 곳을 바라봤다. 적들은 분명 저곳으로 향하고 있었다.

'나타나지 않는다면 내가 찾아가 줄 수밖에.'

그때였다.

콰콰쾅!

거대한 폭발이 한 번 더 일어났다.

다른 마차에도 맹화유가 실려 있었던 모양이다. 파편이 연후가 있는 곳까지 날아들어 곳곳에 불길을 일으켰다.

진화는 불가능한 상황.

그 상황을 받아들인 적들은 불을 끄던 인력까지 동원하여 연후를 찾기 위해 숲으로 뛰어들기 시작했다.

"적은 아직 멀리가지 못했다! 주변을 샅샅이 뒤져라!"

"어서 움직여라!"

그 모습을 지켜보던 연후는 조용히 뒤로 물러나 적의 새로운 군영으로 몸을 날렸다.

* * *

콰콰쾅!

절벽 위에 서 있는 태무령의 두 눈에 불꽃이 내려앉았다. 불꽃은 사정없이 흔들렸고, 씹어뱉는 듯한 신음이 입술을 뚫고 흘러나왔다.

"크으……."

주변에 서 있던 호위들도 망연자실한 표정으로 화염이 치솟는 곳을 바라봤다.

하지만 누구도 태무령에게 말을 꺼내지 못했다. 그가 얼마나 분노했는지 잘 알고 있었기 때문이다.

화가 났을 때의 태무령은 누구보다 잔혹했다. 괜히 나섰다가 심기를 거슬리면 그대로 목이 날아갈 수도 있었다.
 하지만 오직 한 명, 태무령의 측근이자 복심이라 불리는 주광만은 예외였다.
 "군수품의 절반 이상이 저곳에 있었습니다. 미리 옮겨 놓은 것만으로는 열흘을 채 버티지 못합니다, 부원수."
 태무령이 분노하는 가장 큰 이유가 바로 그것이었다. 대원수가 언제 내려올지 모르는 상황에서 절반에 가까운 물자의 손실은 뼈아플 정도였다.
 꽈악!
 치아가 입술을 짓눌렀다.
 "주광."
 "예, 부원수."
 "인근 도시를 약탈한다. 저항하면 무림인이 아니어도 죽여라. 모조리······."
 "존명!"

　　　　　　　＊　＊　＊

 투두둑.
 검신을 타고 흘러내린 피가 땅을 적셨다.

소무백은 자신의 검을 내려다보며 눈빛을 떨었다.
'얼마 만에 보는 피인가.'
방금 적의 목을 베었다.
모두가 위험하다 말렸지만 추격전의 한복판으로 뛰어들었다. 그리고 결코 무시할 수 없는 적의 목을 어렵지 않게 베었다.
가문의 무공으로 상대의 목을 벤 것은 이번이 처음이었다.
내면이 들끓었다. 지금껏 경험하지 못한 흥분이 가슴을 마구 헤집어 놓았다.
'어차피 내 운명은 바뀌었다. 그렇다면 순응할 것이 아니라 내가 주도할 것이다.'
꽉!
소무백은 입술을 지그시 깨물며 시선을 돌렸다. 여전히 곳곳에서 추격전이 벌어지고 있었다.
하지만 전황은 이미 아군에게 압도적인 상황으로 바뀌어 가고 있었다. 남아서 맹렬하게 저항하는 적들은 혈왕군으로 인해 허리가 끊기면서 미처 빠져나가지 못한 자들이었다.
소무백은 철군악을 돌아봤다.
이미 온몸이 적의 피로 흥건해진 철군악은 소무백의 단호한 눈빛을 보고는 나지막이 숨을 골랐다.

소무백이 흐릿하게 웃었다.

"가시죠, 사형."

"예."

소무백은 다시 적들이 모여 있는 곳으로 향했다. 철군악이 곁을 지켰고, 악소와 허도가 그림자처럼 주변을 경계했다.

악소는 지금껏 검을 휘두르지 않았다. 그는 오로지 어딘가에서 튀어나올지 모를 살수만을 경계하는 데 온 신경을 쏟고 있었다.

적보다 더 무서운 내부의 적. 그들을 막는 것이 연후가 악소에게 내린 명령이었다.

까가강!

콰콱!

"크아악!"

"끄악!"

한숨 돌린 전가와 월가는 더 이상 물러서지 않고 자신들을 쫓아온 적들과 맹렬히 맞섰다.

철군악의 검이 강기를 뿜었다.

"한순간도 집중력을 흐트러뜨리지 마십시오, 대지존."

"알겠습니다."

그때였다.

바로 앞쪽에서 적 두 명의 머리가 뎅강 잘려 날아갔다.

잘린 머리에서 피가 솟구칠 때, 그 너머에서 철우가 모습을 드러냈다.

미처 그를 알아보지 못한 철군악이 공격을 하려 하자 악소가 나지막이 외쳤다.

"아군입니다."

철군악이 검을 거두고 철우가 그 앞으로 다가왔다. 철우는 곧장 소무백에게 연후의 뜻을 전했다.

말을 전해 들은 소무백이 두 눈을 한껏 치떴다.

"혼자 그곳에 남으셨단 말이오?"

"대지존께서 오시기를 기다린다 하셨습니다."

소무백은 철군악을 돌아봤다.

"당장 그곳으로 가야겠습니다."

"알겠습니다."

"그 전에 하나 해 둬야 할 게 있습니다."

"예?"

소무백이 갑자기 치열한 교전이 벌어지는 곳으로 몸을 날렸다. 모두는 황급히 그를 쫓았다. 다만 철우는 신휘를 찾아 움직였다.

잠시 후 소무백은 전가와 월가의 고수 두 명에게 명령을 하달했다.

"적의 추격을 뿌리치면 곧장 전장에서 가장 가까운 도시로 이동해 적의 약탈에 대비토록 하거라!"

"……!"

"이는 대지존으로서 내리는 군령이니 어기면 참형에 처할 것이다. 하니 너희 수장들에게 똑똑히 전해야 할 것이다. 알겠느냐?"

"……예!"

"예!"

소무백은 사공천을 돌아봤다.

"전속으로 진군하겠소."

"알겠습니다!"

소무백은 선두에서 달리기 시작했다.

철군악이 곁을 따르며 물었다.

"조금 전에 그 명령은 어찌하여 내리신 것입니까?"

"철혈가주께서 적의 보급품을 모조리 불태워 버렸다면 적들은 필시 약탈을 통해 물자를 조달하려 들지 않겠습니까. 그것을 막기 위한 조치였습니다."

"……!"

철군악은 격동에 눈빛을 떨었다.

그 짧은 시간에, 그것도 삶과 죽음이 교차하는 전장의 한복판에서 그러한 생각을 해내다니.

쿵쿵.

가슴 또한 요동쳤다.

조금 전의 그 추상과도 같은 기도는 지금껏 본 적이 없는 모습이었다.

'대지존의 피란 이러한 것인가?'

앞서 달려가는 소무백의 뒷모습을 바라보는 철군악의 두 눈이 붉게 충혈되어 갔다.

그때였다. 소무백의 바로 뒤를 따르던 악소가 벼락같이 뛰어오르며 소무백을 향해 일검을 날렸다.

"엇!"

"헉!"

허도와 철군악의 입에서 신음이 터졌다. 소무백도 뒤쪽에서 날아드는 강력한 기운에 흠칫하며 고개를 돌렸다.

악소의 검은 소무백을 지나 그의 바로 앞에 떨어졌다.

콰콱!

흙먼지가 치솟았다. 그 흙먼지 속에는 피가 섞여 있었다.

악소는 거기서 그치지 않고 다섯 걸음 옆에다 검을 쑤셔 박았다.

퍽!

검이 박힌 곳이 붉게 물들어 갔다.

동시에 허도가 뛰어들며 그 옆에 검을 쑤셔 박았다.

퍽!

역시 주변이 붉게 물들어 갔다.

악소가 소무백을 돌아봤다.

"살수입니다."

"……!"

소무백은 눈빛을 떨었다.

참전을 결정하면서 예상했던 일이 처음으로 벌어진 것이다. 물론 아직은 대막무림의 살수인지, 아닌지는 가늠할 수 없었다.

"고맙소."

"이대로 가시겠습니까?"

"가주께서 기다리시니 당연히 가야지 않겠소."

"알겠습니다."

악소는 다시 소무백의 뒤로 돌아갔다. 철군악이 그를 향해 감사의 눈빛을 보냈다.

제자리로 돌아온 허도도 감사를 표했다.

[고맙소.]

[별말씀을.]

* * *

숲 곳곳을 뚫고 촛대처럼 뻬죽뻬죽 솟아오른 기암괴석들, 그리고 좁은 길목과 험한 산세를 보며 연후는 미간을 좁혔다.

'작정하고 방어하면 백만대군이 몰려와도 충분히 막을

수 있겠군.'

 대막무림의 두 번째 군영은 이렇듯 천혜의 환경을 갖추고 있었다.

 연후는 적의 군영이 있을 만한 곳을 찾아 은밀하게 움직였다. 그 와중에 상당수의 적들과 몇 차례에 걸쳐 마주했지만 철저히 무시하며 오직 군영을 찾는 데 주력했다.

 그러기를 얼마나 지났을까?

 깎아지른 절벽 위에 서 있는 자들이 눈에 들어왔다.

 절벽 끝에 서 있는 핏빛 전포를 걸친 인물, 그리고 그 뒤에 늘어서 있는 중무장을 한 병력들.

 '저놈인가?'

 연후는 핏빛 전포를 바람에 펄럭이며 우뚝 서 있는 인물이 적의 수장이라 의심했다.

 그때였다.

 "……!"

 연후는 벼락같이 몸을 회전하며 뒤로 물러섰다. 동시에 여러 줄기 섬광이 그가 섰던 곳에 작렬했다.

 콰지직!

 치솟는 흙먼지 너머에서 모습을 드러내는 자들이 있었다. 머리에서 발끝까지 흑포를 뒤집어쓴 세 명의 복면인이었다.

 연후는 천천히 검을 뽑았다.

스르릉.

'이놈들…… 처음부터 이곳에 있었다. 아니면 이토록 가까이 접근할 때까지 눈치채지 못했을 리가 없다.'

그랬기에 더 위험했던 순간이었다.

아무리 천하고수라도 상대의 존재를 모르는 상황에서의 기습은 한 끗 차이로 생사가 갈릴 수도 있었다.

연후는 복면인들의 무기부터 살폈다.

반월도는 보이지 않았다. 물론 그렇다고 해서 대막무림의 살수가 아니라고 단정할 수는 없는 노릇이었다.

휘이잉!

복면인들이 간격을 벌리며 서서히 연후를 향해 다가섰다. 그런 그들에게서 아무런 기운조차 흘러나오지 않았다.

'공격을 할 때 기를 응집시키는 방식이라……. 확실히 특이한 놈들이군.'

철컥.

연후는 검을 거뒀다. 대신 월아가 모습을 드러내었다.

바로 그때를 이용해 복면인들이 달려들었다. 먼저 한 명은 정면을, 다른 한 명은 좌측을, 또 다른 한 명은 유령처럼 사라졌다.

까각!

연후의 가슴을 노리고 날아든 검이 월아의 날 사이로

파고들었다. 연후는 기다렸다는 듯 월아를 비틀었다.

따앙!

경쾌한 쇳소리와 함께 부러진 검신이 복면인의 얼굴을 향해 날아갔다. 워낙에 가까웠고 속도마저 빨라서 파편은 그대로 미간을 꿰뚫었다.

퍽!

"컥!"

팟!

좌측에서 날아든 검이 간발의 차이로 연후의 어깨 위 허공을 갈랐다.

연후 같은 고수 앞에서 한 번의 실패는 바로 죽음으로 이어지는 법.

퍽!

상대의 턱을 뚫고 들어간 월아가 정수리까지 튀어나왔다.

피와 뇌수가 솟구쳤다가 떨어질 때, 사라졌던 자가 유령처럼 나타나며 연후의 허리를 향해 일검을 날렸다.

연후는 허공에서 몸을 비틀며 월아를 이용해 날아드는 검을 후려쳤다.

꽝!

강력한 충격에 서로가 뒤로 튕겼다.

복면인은 거목에 심하게 부딪친 후 쓰러졌지만, 바로

뒤쪽이 절벽이었던 연후는 디딜 곳을 찾지 못하고 그대로 추락하고 말았다.

"크윽."

거목에 부딪친 뒤 쓰러졌던 복면인이 신음을 토하며 일어섰다. 그런 그의 가슴에서 피가 꾸역꾸역 흘러내리고 있었다.

복면인은 연후가 추락한 절벽으로 나아가 아래를 내려다봤다. 운무가 깔려 있는 절벽은 날개가 달린 새가 아니고서야 절대 살아남지 못할 높이였다.

"후욱!"

깊게 심호흡을 하는 복면인의 눈동자에 희열의 빛이 번뜩였다.

그때였다.

휘리릭.

복면인 하나가 유령처럼 떨어져 내렸다. 복면 밖으로 드러난 그의 눈동자에도 희열의 빛이 충만해 있었다.

"어려울 거라 봤는데…… 네가 실로 큰일을 해냈구나. 그분께서 크게 기뻐하실 것이다."

"감사합니다."

"다쳤구나."

"……견딜 만합니다."

"견뎌서 될 게 아니지. 더는 쓸모가 사라졌으니 이제

너도 동료들 곁으로 보내 주마."

흠칫!

팟!

순간 한 줄기 빛이 번뜩였고, 연후를 절벽으로 추락시킨 복면인의 머리가 뎅강 잘려 날아갔다. 공교롭게도 잘린 머리가 날아간 곳은 연후가 추락한 곳이었다.

복면인의 두 눈이 가늘게 찢어졌다.

"고작 셋을 감당하지 못하고 죽어 버리다니. 역시 소문이라는 건 믿을 게 못 된단 말이지. 후후후."

그는 죽은 복면인들을 잠시 응시하다가 이내 숲으로 사라졌다.

그리고 잠시 후.

복면인은 또 다른 복면인들이 있는 곳에서 모습을 드러냈다. 은밀한 곳에 두 명의 복면인이 더 있었다.

"네 눈빛을 보니 철혈가주를 제거한 모양이군."

"셋이 당했다. 소문처럼 강해서 결코 쉽지 않은 싸움이었다."

"후후후. 역시 성공했군. 축하한다."

"이러면 이제 대지존만 남은 건가?"

"그자도 지금쯤 황천으로 떠났을 테지. 우리보다 더 많은 놈들이 그곳으로 갔으니까 말이야. 후후후."

"이제 우리도 그쪽으로 합류해야 하는 거 아닌가?"

"무슨 소리. 곧 있으면 병력을 이끌고 이곳으로 올 텐데, 이곳에서 때를 노려야 한다."

"맞아. 그곳으로 간 놈들이 실패를 했을 수도 있으니 이곳에서 대기하다가 대막무림과 교전이 벌어지면 그때 움직인다."

"그러지."

두 복면인이 숲으로 들어가자, 수하의 목을 베고 자신이 연후를 죽인 것처럼 거짓말을 했던 자는 근처의 암벽 위로 올라가 그곳에 자리를 잡았다.

휘이잉!

숲 위쪽이라 강풍이 사납게 불어 댔다.

복면인은 맞은편 절벽을 바라봤다. 불타는 곳을 바라보며 서 있었던 자들이 사라지고 없었다.

제법 거리가 있었지만 고수라면 싸우는 소리를 들었을 터. 하지만 그들은 여전히 자리를 지키고 있었다.

복면 밖으로 드러난 두 눈에 경멸의 빛이 내려앉았다.

"평원에서 풀이나 뜯어먹고 살아야 할 것들이……."

복면인은 품속에서 뭔가를 꺼내어 입을 벌렸다. 아주 작은 환단이었다.

그것을 삼키기 위해 고개를 들어가던 복면인의 두 눈이 한순간 찢어질 듯 커졌다.

"……!"

아무것도 없어야 할 허공에 누군가 떠올라 있었던 것이다.
번쩍.
한 줄기 빛이 일었다.
동시에 복면인이 앉은 자세 그대로 암벽 아래로 몸을 날렸다.
퍽!
"큭!"
외마디 신음과 함께 피가 튀었다.
뒤이어 지상으로 내려선 복면인은 제대로 서지 못하고 한쪽으로 쓰러졌다.
그런 그의 왼다리가 정강이 아래에서부터 사라지고 없었다.
"역시 대막 놈들이 아니었군."
죽은 자의 목소리가 복면인의 귓속으로 비수처럼 박혀들었다.

능선 전투

연후는 지풍을 날려 복면인의 혈도를 제압했다.

혹시 모를 입속의 독단에 대비해 아혈부터 제압을 한 까닭에 복면인은 입을 벌린 채로 굳어 버렸다.

그런 복면인의 두 눈은 불신과 경악으로 한껏 흔들리고 있었다.

"반응을 보니 내 연기가 제법 그럴듯했던 모양이군."

그랬다. 연후는 숲속에 또 다른 누군가가 있다는 것을 눈치채고는 일부러 당하는 척을 해 줬다.

물론 그들의 정체를 확인하기 위함이었고, 가장 의심하는 것은 장로원주 서문회였다.

그리고 그 의심은 복면인들의 대화를 통해 더욱 확실해졌다. 대막무림과 교전이 벌어지면 그때 대지존을 노린다는 대화를 나누는걸 분명 들었기 때문이다.

복면인들이 대막무림의 살수였다면 그런 말은 하지 않았을 터.

"너희에게 사주한 자가 누군지 알아야겠다."

"끄어어……."

"기대하지 마. 네 동료 두 놈은 이미 지옥으로 보내 줬으니까."

연후의 그 말에 복면인의 두 눈에서 희망의 빛이 완전히 사라졌다.

연후는 맞은편 절벽을 응시했다. 조금 전까지 자리를 지키고 있었던 자들이 사라지고 없었다.

왜 사라졌을까 하는 의문은 금방 풀렸다.

와아아!

까가강!

콰콰콱!

"크악!"

"끄아악!"

산 아래쪽에서 교전이 시작되고 있었다.

연후는 숲을 헤치며 까맣게 밀려드는 아군의 모습을 잠시 지켜보다가, 복면인에게 시선을 돌리며 나뭇가지 하나를 꺾었다.

툭!

연후는 나뭇가지를 복면인에게 던졌다.

"누가 너희를 보냈는지 적어라. 미리 경고하는데, 네 인내심을 너무 믿지 않는 게 좋을 거야. 난 네가 소문으로 들었던 그 이상으로 잔혹한 사람이니까."

"크으으……."

복면인의 눈빛이 다시 살아났다.

연후는 그것을 보며 가차 없이 왼팔을 잘랐다.

퍽!

"크아아아!"

"오른팔만 놔두고 하나하나 잘라 줄까? 그걸 원한다면 그렇게 해 주고."

그때였다.

슥슥슥.

복면인이 땅에 뭔가를 쓰기 시작했다.

─나는 독단을 물고 있지 않소. 아혈을 풀어 주면 다 말하겠소.

연후는 복면을 벗겼다. 그러고는 한껏 벌어진 입을 통해 어금니 쪽을 샅샅이 살폈다. 과연 독단 같은 것은 없었다.

연후는 그제야 지풍을 날려 아혈을 풀어 주었다.

"헉헉헉."

거친 숨을 토하는 복면인.

연후는 검 끝으로 상대의 턱을 치켜세웠다.

"서문회가 보냈나?"

"나는…… 혈가의 살수요. 나를 보낸 것은 서문회가 아니라 나의 주군이시오. 더는 아는 것이 없으니…… 이제 그만 죽이시오."

서문회와 적혼이 손을 잡았다면 이상할 것도 없었다.

연후는 상대의 눈을 내려다봤다. 체념을 한 자는 거짓말을 하지 않는다. 보통 그렇다.

"몇 명이나 왔지?"

"서른 명쯤 될 거요."

"너보다 더 강한 고수도 있나?"

"우리는 같은 편이라도 다른 조직과 연계하지 않소. 오직 우리에게 주어진 임무만 맡을 뿐, 누가 얼마나 더 왔는지는 알지 못하오."

순순히 털어놓는 자의 뺨을 타고 눈물이 흘러내렸다.

하지만 연후의 마음을 움직이지는 못했다.

연후는 검을 들어 정수리에 얹었다. 순순히 대답을 해준 대가로 고통을 줄여 줄 생각이었다.

그때였다.

"혈강시를 아시오?"

"어느 정도는. 한데 그건 왜 묻는 거지?"

"이곳에 어쩌면 혈강시가 왔을 수도 있소. 우리보다 놈들을 절대적으로 신뢰하는 주군이라면 보냈을 가능성이 높을 거요."

"그걸 내게 말을 해 주는 이유는?"

"놈들과 유령조 때문에 우리는…… 쓰다가 버려도 아깝지 않은 소모품으로 전락했소. 사람도 아닌 괴물 같은 그놈들 때문에 평생을 혈가에 충성했던 우리는 모든 것을 잃어야 했소."

증오가 진하게 번져 가는 눈동자는 결코 거짓이 아님을 말하고 있었다.

"우리가 실패했다면 놈들도 반드시 실패해야 하오. 그래야 남은 형제들이 제대로 된 대접을 받게 될 것이오. 하니 절대 놈에게 당하지 마시오. 아니, 놈을 죽여 주시오!"

"혈가가 거느린 혈강시의 숫자는?"

"그건 나도 모르는 영역이오."

혈가의 살수는 그 말을 끝으로 눈을 감았다. 연후는 검을 들어 정수리에 얹었다.

"내세에서는 나를 적으로 만나지 마라."

퍽!

한 줄기 공력이 머릿속을 파고 들어가자 혈가의 살수는 그대로 쓰러져 숨이 끊어졌다.

연후는 시선을 남쪽으로 돌렸다.

아군이 몰려오고 있었다. 아군을 발견한 적들도 능선 위쪽에 병력을 집결시키고 있었다.

연후는 맞은편 절벽을 응시했다. 적의 수장으로 의심되는 자는 여전히 무리들과 함께 그곳에 있었다.

거리상 자신과 혈가의 살수들이 싸우는 소리를 들었을 법도 한데 아직 아무도 이곳으로 오지 않는 것을 보면, 협곡 사이에서 강하게 불어 대는 바람 때문에 듣지 못한 것 같았다.

그때였다.

"크악!"

"으아악!"

전투가 시작되었다.

숲 때문에 연후의 눈에 미처 들어오지 않았던 병력이 벌써 능선을 타고 올라오며 교전을 벌이고 있었다.

백운과 악마전이었다.

따로 움직이고 있었던 까닭에 가장 먼저 전선으로 올라올 수 있었던 그들로 인해 적의 방어선 한 곳이 순식간에 큰 혼란에 휩싸여 가고 있었다.

'저놈의 성질머리는……'

나지막이 한숨을 내쉰 연후는 다시 맞은편 절벽을 응시했다.

마침 그들이 움직이기 시작했다.

'너는 내가 죽여 주마.'

* * *

 태무령은 능선을 향해 밀물처럼 올라오는 중원무림의 연합군을 응시하며 눈빛을 가라앉혔다.
 주광이 놀라서 외쳤다.
 "어떻게 이곳까지……."
 "부원수! 아무래도 적을 쫓아갔던 병력이 잘못된 것 같습니다! 아니면 저 많은 적들이 벌써 이곳까지 올 순 없습니다!"
 "그렇습니다!"
 주변에 서 있던 자들이 크게 동요했다.
 태무령도 그들과 같은 생각이었다. 추격에 나선 병력이 결코 적지 않은데, 저 많은 적들이 이곳까지 올라왔다면 뭔가 잘못되었음이 틀림없었다.
 그때 다른 측근이 외쳤다.
 "복장을 보십시오! 퇴각했던 적들과는 완전히 다른 병력입니다!"
 동시에 측근 주광이 능선 아래를 가리키며 외쳤다.
 "부원수! 백야벌의 지존기입니다!"
 전장에서 오십장 정도 떨어진 곳에서 거대한 깃발이 펄

럭이고 있었는데, 틀림없는 백야벌의 지존기였다.

 비로소 태무령도 지금 접근하는 이들이 자신들에게 패하여 도망쳤던 전가, 월가 연합군이 아닌, 백야벌의 대지존이 직접 이끄는 병력임을 알아차렸다.

 소무백이 참전한다는 것은 이미 알고 있었다. 하지만 그가 직접 전투에 참여할 거라고는 예상하지 않았다. 참전은 했지만 안전을 위해 후방에서 지원을 하는 정도에서 그칠 거라 확신했었다.

 그런데 이렇게 제 발로 자신의 앞에 나타나다니.

 "아무리 허수아비 대지존이라도 목이 날아가는 것을 보면 사기가 뚝 떨어지겠지. 후후후."

 스르릉!

 태무령은 반월도를 뽑았다.

 "전 병력을 저곳에 집중한다."

 "예!"

 측근들이 사방으로 흩어지며 호위 병력만 태무령의 곁에 남았다.

 "우리도 저곳으로 간다."

 "부원수! 굳이 그렇게까지……."

 "닥치고 따라오기나 해."

 "……!"

 쾅!

땅을 박찬 태무령은 곧장 능선으로 내려갔다.

전설의 경공술, 능공허도에 비견될 만한 경공술이 펼쳐지자, 그는 순식간에 호위들의 시야에서 멀어졌다.

호위들이 황급히 태무령을 쫓아 몸을 날릴 때, 맞은편 절벽에서 지켜보고 있던 연후도 움직였다.

* * *

돌파는 혈왕군의 몫이었다.

신휘가 이끄는 오천, 신우가 이끄는 오천 병력이 능선 좌우에서 동시에 치고 올라갔다.

소무백이 사공천을 돌아보며 명령을 내렸다.

"오천 병력을 보내어 혈왕군을 도우시오!"

"대지존, 저희의 임무는 대지존의 곁을 지키는 것입니다."

"적을 물리치는 것이 나를 지키는 것이오. 하니 어서 명에 따르시오."

"……"

사공천은 어쩔 수 없이 뒤돌아서며 외쳤다.

"대지존의 명이시다. 부단주는 즉각 오천 병력을 이끌고 혈왕군을 도와라!"

"예!"

부단주 왕통이 오천 병력과 함께 능선을 향해 달려 나갔다.

와아아!

"막아라! 한 놈도 올라서지 못하게 막아야 한다!"

"그냥 뚫어 버려!"

"크아악!"

"으아악!"

적의 방어는 견고했다. 하지만 혈왕군의 돌파력은 적의 방어력을 상회했다. 그들은 초원을 달리는 들소 떼처럼 검진을 형성한 채 적의 방어선을 향해 저돌적으로 달려들었다.

신휘의 검이 불꽃을 뿜었다.

"크악!"

"끄아악!"

"죽엇!"

두 명이 반월도를 휘두르며 신휘를 향해 달려들었지만 신휘는 접근조차 허락하지 않았다.

퍼퍽!

"크아악!"

상체와 하체가 분리되는 참혹한 죽음.

쏟아진 피와 내장이 뒤쪽의 적들을 덮쳤고, 신휘는 곧장 적들의 머리 위를 넘어 뒤쪽에 떨어져 내렸다.

그다음은 볼 것도 없었다.

신휘는 양 떼 속에 뛰어든 한 마리 호랑이었다. 검으로 용케 막으면 검과 몸이 통째로 잘려 날아갔고, 바닥을 굴러서라도 피했다 싶으면 핏빛 화염이 날아들어 죽음보다 더한 고통에 죽어 갔다.

"끄으으……."

한 부대의 수장으로 보이던 적이 거품을 물고 쓰러졌다. 신휘의 무자비하고도 압도적인 기세에 눌려 제풀에 쓰러진 것이다.

"혀, 혈왕이다!"

"으……."

비로소 신휘를 알아본 적 하나가 공포에 질려 뒤로 물러섰다.

그런 그의 목을 자르며 뛰쳐나오는 자가 있었다.

"물러서는 놈은 내 손에 죽는다!"

한 손에는 반월도를, 한 손에는 거대한 도끼를 든 민머리 거한은 신휘를 향해 거침없이 달려들었다.

슈아악!

콰직!

신휘가 섰던 곳에 반월도가 떨어지며 흙먼지와 함께 큼지막한 구덩이가 패였다.

하지만 거기까지였다.

퍽!

거한의 등 뒤를 타고 넘어간 신휘의 검이 그의 목에 쑤셔 박혔다. 검은 목 뒤쪽을 뚫고 앞쪽까지 튀어나왔다.

신휘는 거친 숨을 토하며 전장을 살폈다.

"고작 이 정도였나?"

지리적인 우위에도 불구하고 적의 방어선은 곳곳에서 붕괴 조짐을 보이고 있었다. 어떤 곳은 이미 붕괴되어 우왕좌왕하다가 능선 아래로 굴러떨어지는 적들도 있었다.

그곳을 지배하는 이는 백운이었다. 그와 악마전은 마치 전투를 위해 태어난 사람들처럼 광포한 칼춤으로 적들을 뒤로 밀어내고 있었다.

"응?"

흡족한 표정으로 지켜보던 신휘의 미간이 슬며시 일그러졌다.

능선 위로 올라서는 동방리를 본 것이다.

그녀의 검도 매섭기 짝이 없었다. 그녀는 순식간에 두 명의 적을 베어 넘기고 세 번째 적을 향해 달려들고 있었다.

그런 그녀를 향해 달려드는 적들은 서령의 소수에 머리가 형체도 없이 사라지는 참혹한 죽음을 맞았다.

일그러졌던 신휘의 미간이 본연의 모습을 되찾았다. 그는 서령을 응시하며 흐릿한 미소를 머금었다.

"걱정할 필요가 없겠군."

* * *

악소의 검이 한기를 뿜었다. 직후 소무백을 향해 달려들던 자의 머리가 뎅강 잘려 날아갔다.

잘린 부위가 순식간에 하얗게 얼어붙는 극강의 음공은 주변에 있던 다른 사람들마저 한기를 느끼게 만들었다.

악소는 눈빛을 떨었다.

'이놈은……'

자신의 손에 목이 날아간 자의 복장은 놀랍게도 허도가 이끄는 호위들의 것이었다.

악소는 즉각 소무백을 돌아보며 외쳤다.

"호위들에게서 떨어지십시오! 호위 중에 살수가 섞여 있습니다!"

"……!"

철군악이 소무백의 팔을 잡고 악소의 곁으로 빠져나왔다. 동시에 허도가 호위들을 향해 검을 겨누며 소리쳤다.

"모두 물러서라!"

"호위장님, 저희들은……"

"물러서라! 누구라도 대지존의 곁으로 다가서면 내 검이 용서치 않을 것이다!"

악소의 눈에서 새파란 광망이 일었다.

그는 분노했다. 설마하니 자신이 거느리는 호위들 중에 살수가 끼어 있을 줄은 상상도 못했다.

"모두 전장에서 물러가라. 가서 내가 돌아갈 때까지 대기하라."

"호위장님!"

"물러가라고 했다!"

"……!"

허도의 분노를 읽은 호위들이 힘없이 뒤쪽으로 물러섰다.

그들도 이해했다. 호위 중에 한 명이 살수였으니 또 누가 살수인지는 아무도 모를 일이었다.

악소가 외쳤다.

"서백!"

멀지 않은 곳에서 적을 주살하던 서백이 한걸음에 날아왔다.

"지금부터 대지존의 호위를 맡는다."

"알겠습니다."

* * *

동방리의 검은 빠르고 정확했다. 또한 파괴력까지 더하

고 있어서 놀랄 만한 살상력을 자랑했다.

 결코 만만치 않아 보였던 적 하나가 그녀의 삼초를 견디지 못하고 목이 날아갔다.

 그 와중에 두 명의 적이 동방리를 향해 달려들었지만 서령의 소수가 그들의 머리를 박살 냈다.

 퍽퍽!

 "크악!"

 "컥!"

 "고마워요."

 "별말씀을."

 이 순간만큼 서령은 동방리의 호위무사였다. 그녀는 오직 동방리를 보호하는 데 집중했으며, 지금껏 단 한 명의 적조차도 접근을 불허하고 있었다.

 악마의 마공이라 불리는 소수마공은 공격력만 뛰어난 게 아니었다. 작정하고 방어에 나서니 그야말로 철벽이나 다름없었다.

 서령은 그 와중에 전장을 살폈다.

 적을 향해 돌진하는 혈왕군. 그들은 마치 목숨을 내놓은 것처럼 앞뒤 재지 않고 저돌적으로 달려들어 닥치는 대로 적들을 죽여 나가고 있었다.

 서령의 미간이 곱게 일그러졌다.

 '이들은 무엇을 위해, 누구를 위해 이렇게 싸우는 걸

까? 혈왕을 위해서일까? 아니면 그 사람을 위해서? 그 사람을 위해서라면 왜? 무엇 때문에 그 악마 같은 사람을 위해 자신의 목숨을 초개처럼 던지려 하는 것일까?'

쐐애액!

좌측에서 섬뜩한 기운이 날아들었다.

서령의 두 눈이 한기를 번뜩이며 소수가 허공을 갈랐다.

땅!

경쾌한 소리에 이어 부러진 반월도가 허공으로 솟구쳐 올랐다. 뒤이어 투명하게 변한 서령의 우수가 적의 가슴을 꿰뚫었다.

"저리 꺼져."

퍽!

"컥!"

서령은 가슴이 들끓는 것을 느꼈다.

괴인의 독으로 인한 생사의 위기에서 깨어난 이후부터 알 수 없는 욕망이 점점 커져만 가고 있었다.

'나는 정말 마녀가 된 걸까?'

그것은 살인에 대한 욕망이었다.

아니라 부정하고 싶었지만 적들을 죽일 때마다 올라오는 짜릿한 쾌감은 그녀의 부정을 부정하고 있었다.

"뒤를 조심하세요!"

동방리의 다급한 외침이 터졌다.

동시에 서령의 머리카락이 마치 칼날처럼 일어나며 뒤에서 달려들던 자의 얼굴을 사정없이 꿰뚫었다.

퍼퍽!

"크아악!"

"빌어먹을!"

"으······."

감히 상상조차 못할 잔혹한 수법에 두 여인을 향해 달려들던 적들이 공포에 질려 뒤로 물러서기 시작했다.

동방리가 다가왔다.

"집중하세요!"

"그럴게요."

서령은 웃어 보였다.

동방리는 서령의 여유가 넘치는 태도에 헛웃음을 지었다.

"이런 상황에서 웃음이 나와요?"

"뭐, 그렇다고 인상을 써 가면서 싸울 필요는 없잖아요?"

순간 서령의 소수가 백광을 뿌렸다.

퍽!

동방리의 뒤에서 적 하나가 비명조차 지르지 못하고 꼬꾸라졌다.

능선 전투 〈285〉

서령은 다시 웃었다.
"집중해야죠?"
"……."
그때였다.
"적들이 대지존이 계신 곳으로 몰려간다! 막아라!"
"막아라!"
난데없이 좌측 전선에서 혼란이 일어났다.
돌아보니 사방에서 교전을 벌이던 대막무림이 한쪽으로 몰려가고 있었다.
동방리가 두 눈을 한껏 치뜨며 외쳤다.
"적들이 대지존을 노리고 있어요!"

* * *

태무령이 절벽에서 전장으로 내려가는 데 걸린 시간은 일각이 채 걸리지 않았다.
그 짧은 시간에 방어선의 절반 이상이 무너졌다.
파르르…….
전장의 초입까지 내려온 태무령은 눈빛을 떨었다.
'이럴 수가…….'
아무리 첫 전투를 치른 지 얼마 지나지 않았다고는 하나, 지리적으로 수적으로도 자신들이 유리했던 전투였다.

그런데 이토록 허무하리만치 무너지다니.

"혈왕군에게 너무 쉽게 방어선이 뚫리고 만 것 같습니다!"

"저기……혈왕이 있습니다!"

태무령은 측근 하나가 가리킨 곳으로 시선을 돌렸다. 그이 시선이 닿은 곳에서 혈왕 신휘가 죽음의 칼춤을 추고 있었다.

태무령은 다시 눈빛을 떨었다.

'과장하기를 좋아하는 중원 놈들이 만들어 낸 허상이라 여겼거늘…….'

"부원수! 물자 조달에 나선 병력을 불러들여야 할 것 같습니다! 이대로 더 지체했다가는 평원으로 돌아가야 할 수도 있습니다!"

"신호탄을 쏴라."

"예!"

피유우! 펑펑펑!

하늘에서 세 방의 폭죽이 터졌다.

그중 한 발이 미처 올라가기도 전에 터지는 바람에 태무령을 향해 불꽃이 쏟아져 내렸다.

그러나 태무령은 아랑곳하지 않고 소무백이 있는 곳을 찾아 안광을 번뜩였다. 뒤이어 지존기가 있는 곳을 발견하고는 살광을 번뜩였다.

능선 전투 〈287〉

마침 대지존에 집중하라는 태무령의 명령이 제대로 전달되었는지 거의 모든 대막무림의 병력이 그곳을 향해 밀려가고 있었다.

"머리를 잃은 뱀은 더 이상 사람을 물지 못하는 법."

우우웅.

태무령의 반월도가 새파란 광망을 뿜어내기 시작했다. 그가 반월도를 치켜들어 소무백이 있는 곳을 가리키며 외쳤다.

"가라! 가서 뱀의 머리를 잘라오너라!"

파파팟!

태무령을 따르던 자들이 일제히 전장으로 몸을 날렸다. 태무령 또한 소수의 호위들과 함께 천천히 전장을 향해 나아갔다.

바로 그때였다.

위이잉!

뒤쪽에서부터 전해진 섬뜩한 기운에 태무령은 반사적으로 돌아서며 반월도를 늘어뜨렸다.

"……!"

태무영은 두 눈을 치떴다. 모로 누운 한 줄기 핏빛 강기가 엄청난 속도로 날아들고 있었다.

저게 뭐지? 하는 생각이 절로 들 정도로 처음 보는 기괴한 것이었다.

태무령의 호위들이 그의 앞을 막아서며 도막을 일으켰다.

위이잉!

콰콰콰콱!

"우악!"

"크윽!"

핏빛 강기와 도막이 충돌하면서 호위 세 명이 피를 뿌리며 날아가자 태무령의 낯빛이 싹 변했다.

자신의 호위들은 방어에 특화된 정예를 추리고 추려서 뽑은 자들이었다. 그들이 작정하고 펼친 도막이 이렇게 파괴당하는 것은 지금껏 본 적이 없었다.

위이잉!

또다시 날아드는 핏빛 강기.

호위들이 다시 도막을 펼칠 때, 태무령은 땅을 박차고 뛰어올라 핏빛 강기가 일어난 곳으로 몸을 날렸다.

연후는 자신을 향해 날아오는 태무령을 보며 차갑게 웃었다.

'역시 자신감이 넘치는 놈이었군.'

그는 태무령이 전장을 바라보는 태도만으로 그의 성정을 짐작할 수 있었다.

해서 혈마번을 일으켜 공격을 했고, 수하들이 죽어 나가는 것을 보면 태무령이 방어보다는 먼저 공격을 해 올 거라 확신했다.

예상은 그대로 맞아떨어졌다.
'미완성이지만…….'
연후는 광마의 검을 일으켰다.
소리 없이 일어난 광마의 검은 지난날보다 훨씬 더 작았지만, 비교할 수 없을 만큼 정교한 형태를 하고 있었다.
그간의 수련을 통해 보다 더 발전한 것이다.
'한 방에 끝낸다.'
슈아악!
태무령의 반월도가 대지를 쪼갤 듯 떨어져 내렸다. 그때까지도 살수공을 이용해 몸을 감추고 있었던 연후는 태무영이 지척에 이르렀을 때 최대 속도로 튀쳐나갔다.
쾅!
아무도 없던 곳에서 흙먼지가 일어나며 강력한 기운이 자신을 향해 밀려들자 태무령은 그제야 뭔가 잘못되었다는 것을 인지하고는 황급히 몸을 비틀었다.
하지만 허공에서의 반응은 지상보다 떨어질 수밖에 없었다. 하물며 상대가 연후라면 찰나의 빈틈만으로 승부는 끝난 것이나 다름없는 것.
번쩍!
태무령은 시야를 앗아 갈 듯한 휘황찬란한 광채에 자신도 모르게 눈을 감았다. 그게 그의 마지막이었다.
까각!

먼저 반월도가 부러졌다.

지금껏 자신과 함께했던 애병의 허망한 최후에 태무령의 머릿속에서는 지금껏 살아왔던 삶의 광경들이 주마등처럼 스치고 지나갔다.

'누구한테 당하는지도 모르고 내 삶이 끝나다니……'

서걱!

태무령의 머리가 하늘로 솟구쳐 올랐다. 솟구쳐야 할 피 대신 잘린 부위에서 하얀 연기가 피어올랐다.

"부원수!"

"으아아!"

태무령의 호위들이 울부짖으며 날아들었다.

하지만 몇 명은 몸을 날리기도 전에 소리 없이 날아든 뭔가에 의해 똑같이 목이 날아갔다.

퍼퍼퍽!

철우가 나타났다.

그리고 연후의 앞에는 백무영이 떨어져 내렸다. 그의 창은 자비를 몰랐고, 연후를 향해 달려들었던 태무령의 호위들은 추풍낙엽처럼 쓰러졌다.

"후욱."

연후는 크게 심호흡을 하며 광마의 검을 거두었다.

찌릿찌릿.

몸속에서 기이한 반응이 올라왔다.

뒤이어 비릿한 혈향이 느껴졌다. 피가 목구멍까지 올라온 것이다.

'역시 아직은 무리인가?'

일격에 끝장을 보기 위해 전력을 다한 결과였다. 비록 의도한 대로 상대를 일격에 죽였지만 완전하지 않은 광마의 검은 그의 속을 심하게 흔들어 놓았다.

"크아악!"

백무영의 창에 마지막 호위가 쓰러지면서 중원무림과 대막무림의 전초전이 막을 내려갔다.

철우가 다가왔다.

"주군, 괜찮으십니까?"

"놈의 머리를 챙겨라."

"알겠습니다."

연후는 다시 심호흡을 하며 전장을 바라봤다.

곳곳에서 혈전이 벌어지고 있었다. 여전히 적의 저항은 맹렬했고, 그 숫자 또한 많았다.

연후는 철우가 가져온 태무령의 머리를 들고 전장으로 향했다.

"괜찮겠습니까?"

"괜찮다."

뒤늦게 그를 발견한 적들이 달려들려고 하다가 태무령의 머리를 보고는 경악했다.

"부, 부원수께서 전사하셨다!"

"헉!"

고금을 통틀어 어떤 전투에서든 수장의 죽음은 곧 패배로 직결된다. 때로는 왕의 죽음이 왕국의 멸망으로 이어지기도 했다.

무림의 세계도 다르지 않았다. 태무령의 죽음은 빠르게 전해졌고, 적들은 전의를 상실한 채 북쪽으로 퇴각하기 시작했다.

"대지존께 가서 쫓지 말라고 전해."

"알겠습니다."

철우가 바람처럼 날아갔다.

연후는 시신이 가득한 곳에 우뚝 솟아오른 바위 위로 올라가 그곳에 앉았다. 백무영이 그 곁을 지켰다.

"압승입니다."

백무영의 말처럼 압승이었다.

하지만 연후는 기쁘지 않았다.

'어쩌면 이 전투가 오히려 대막의 늑대들을 자극한 것일지도……'

* * *

연후와 백무영이 있는 곳에서 조금 떨어진 곳.

죽은 자들이 흘린 피로 인해 붉게 물든 그곳에 혈강시 삼호가 있었다.

 그는 숲에 몸을 숨긴 채 바위 위에 앉아 있는 연후를 응시하며 눈빛을 떨었다.

 '절호의 기회였는데……'

 그는 연후가 태무령과 싸우는 것을 처음부터 끝까지 지켜봤다. 그리고 기다렸다. 연후를 죽일 기회가 오기를.

 기회는 찾아왔다. 태무령의 목을 일검에 날렸을 때, 연후에게서 아주 미세한 빈틈이 보였다.

 그러나 이때다 싶어 달려들려던 순간, 철우와 백무영이 나타났다. 그들은 놀라울 정도로 고수였고, 순식간에 태무령의 호위들을 제압하고는 연후의 곁을 지켰다.

 삼호로서는 하늘이 내려 준 기회가 허망하게 사라지는 순간이었다.

 그때였다.

 삼호는 눈빛을 떨었다. 우연인지 아니면 자신을 발견한 것인지 연후가 이쪽으로 시선을 돌린 것이다.

 '설마……'

 순간 가슴이 철렁했지만 삼호는 자신의 은신술을 믿었다. 먼저 죽은 일호보다 더 뛰어난 점이 있다면 바로 은신술과 암습에서의 능력이었다.

 그러했기에 주군인 적혼도 그에게 연후를 죽이라는 특

명을 내린 것이다.

그때였다. 한 줄기 전음성이 삼호의 귓속을 비수처럼 파고든 것은.

[네가 적혼이 보낸 혈강시라는 놈인가?]

쾅!

산 자도, 그렇다고 죽은 자도 아닌 삼호는 하마터면 심장이 멎을 뻔한 충격에 휩싸였다.

'무서운 놈…….'

쾅!

삼호는 그대로 땅을 박차고 뛰어올랐다. 그가 시위를 떠난 화살처럼 날아간 곳은 연후와는 정반대 방향인 서쪽이었다.

* * *

와아아!

승리의 함성이 울려 퍼지는 가운데 연후는 소무백을 향해 다가갔다.

소무백은 격정이 가득한 눈으로 다가오는 연후를 바라봤다.

"우리가 이겼습니다, 사형."

"예, 대지존."

철군악은 격동이 가득한 눈으로 다가오는 연후를 바라봤다. 평소 연후를 각별한 존재로 여겨 왔지만, 오늘은 마치 백 년은 함께한 사람처럼 느껴졌다.

두 사람의 뒤에서 허도와 악소가 나란히 서 있었다. 허도는 다가오는 연후를 응시하다가 악소를 돌아봤다.

"어떤 분이시오?"

"가까이서 지켜보다 보면 차차 알게 될 거요."

허도는 가까이서 지켜보다 보면 알 것이라는 말에 묘한 기분이 들었다.

악소가 말을 이었다.

"한 가지만 미리 말해 두자면…… 우리 주군과는 절대 적이 되지 말라는 거요."

"그럴 일은 없을 것 같소."

허도는 다시 시선을 연후에게로 돌렸다. 그를 보고 있자니 마치 머리 뒤에서 후광이 비치는 것 같은 착각마저 들었다.

'소문이 오히려 박했군.'

연후에 대한 숱한 소문들.

그중에서 가장 많은 비중을 차지하는 것은 연후가 과대평가되었다는 소문이었다.

여전히 백야벌 내부에서는 북부가 서북무림을 병합한 것이 천운이 따른 덕분이라 말하는 사람들이 많았다. 허도도 조금은 그럴 거라 생각하는 사람들 중에 한 명이었다.
 하지만 이 전투를 끝으로 더 이상 그러한 생각은 하지 않기로 했다.
 '멋지군. 후후후.'
 소무백이 활짝 웃었다.
 "우리가 이겼습니다, 가주."
 "모든 것은 대지존의 뛰어난 책략 덕분이었습니다. 저는 그저 대지존의 책략에 따랐을 뿐입니다."
 "……예?"
 그때였다.
 철군악이 전음을 날렸다.
 [가주께서 의도하신 바가 있으니 그냥 계십시오.]
 철군악은 연후의 의도를 이미 알고 있었다.

승전을 하게 된다면 그 공은 오직 대지존의 것이어야 하오.

 전투가 벌어지기 전에 연후가 한 말이었다.
 연후와 철군악은 눈빛으로 말했다.
 [감사합니다.]
 [이제 시작일 뿐이니 고맙다는 말은 잠시 넣어 두시오.]
 [예. 그렇게 하겠습니다.]
 동방리가 다가왔다.

그녀의 무복은 피로 흥건히 젖어 있었지만 표정과 눈빛이 살아 있는 것을 보니 부상을 당하거나 하지는 않은 듯했다.

"괜찮소?"

"예. 전 괜찮아요."

연후는 동방리의 뒤에 서 있는 서령을 응시했다. 그녀는 팔짱을 낀 채로 연후를 빤히 쳐다보고 있었다.

고개를 돌리는 연후의 귓속으로 한 줄기 전음이 흘러들었다.

[소중한 여인을 지켜 주었으니 고맙다는 말 한 마디 정도는 해야 하는 거 아닌가요?]

[우린 그런 사이가 아니다.]

연후는 서령을 무시한 채 소무백을 응시했다.

소무백이 고개를 끄덕이고는 뒤를 돌아보며 명령을 내렸다.

"군영으로 복귀하겠소."

중원무림과 대막무림의 전초전은 중원무림의 승전으로 막을 내렸다. 예상보다 적은 피해를 입었고, 이천에 달하는 포로까지 거두는 압승이었다.

* * *

삭주 군영.

삭주군 총사 한경의 얼굴이 노기로 인해 붉게 물들었다.

"감히 기습을 해 오다니……."

난데없이 기습을 해 온 적들을 맞아 반나절에 걸쳐 치열한 전투를 벌여야 했다. 그 결과, 적을 물리칠 수는 있었지만 피해가 이만저만이 아니었다.

사상자가 거의 사천에 달했고, 시설물 피해도 상당했다. 특히 군량미를 쌓아 놓은 창고 두 곳이 완전히 소실되면서 당장 군량미 확보에 비상이 걸리고 말았다.

모든 것이 설마하니 이곳으로 기습을 해 올까 하는 방심이 부른 결과였다.

휘이잉!

거센 바람이 연기를 몰고 와 한경의 얼굴을 할퀴고 지나갔다. 아직까지 군영 곳곳에서는 화염이 꺼지지 않았고, 화염에 휩싸인 건물들이 뿜어낸 연기로 인해 하늘은 시커멓게 변해 있었다.

'빌어먹을…….'

한경은 분노를 주체할 수가 없었다.

또 한편으로는 당혹감에 머릿속이 지끈거릴 지경이었다. 대지존 소무백이 참전을 한 전투에서 고작 수천의 적에게 기습을 당해 이렇듯 막대한 피해를 입었으니 후환이 따를 것은 명백했다.

당장은 총사의 직이 걱정되었다.

'아무리 대지존이라도 장로원주와 한배를 탄 나를 어쩌지는 못할 것이다. 하지만……'

서문회라는 막강한 뒷배를 믿었지만 걱정이 되는 것은 어쩔 수 없었다.

그때였다.

"총사! 병력이 돌아오고 있습니다!"

한경의 두 눈이 군영 밖을 향해 돌아갔다.

저만치 앞에서 먼지구름이 일어나고 있었다. 뒤이어 군영으로 이어지는 깃발이 보이더니 백야검단이 서서히 모습을 드러내기 시작했다.

한경은 선두에서 달려오는 소무백을 응시하며 눈빛을 가라앉혔다.

"마중을 나가셔야지 않겠습니까?"

"마중은 무슨. 우리도 조금 전까지 전투를 치렀지 않느냐."

"하지만……."

"됐으니 가서 수습이나 돕도록 해!"

"……알겠습니다."

"아니다."

한경은 아무래도 안 되겠다 싶었는지 생각을 바꿨다. 아무리 허수아비 대지존이라는 소리를 듣는 소무백이라도 심기를 거슬려서는 좋을 게 없다는 판단에서였다.
"가자꾸나."
"예!"
한경은 부관만 대동한 채 정문으로 향했다. 그리고 그곳에 서서 소무백이 오기를 기다렸다.
잠시 후 소무백이 정문에 이르렀다. 연후는 뒤쪽에서 혈왕군과 함께 오고 있었다.
소무백은 화염에 휩싸인 군영의 모습에 놀람을 감추지 못했다.
"적의 기습이 있었소?"
"……그렇습니다."
"도대체 얼마나 많은 병력이 몰려왔기에 군영 꼴이 이렇단 말이오?"
한경은 입을 꾹 다물었다.
한편 혈왕군과 움직이던 연후는 군영 곳곳에서 피어오르는 연기를 응시하며 슬며시 미간을 좁혔다.
연기가 피어오르는 곳은 군영의 중심 지역이었다.
'아무리 기습을 당했다고 해도 본진까지 적을 들이다니…… 이 정도면 총사의 자리에서 내쫓기에 충분한 명분이 되겠군.'
모든 것이 원하는 대로 흘러가고 있었다.

* * *

　다음 날.
　약탈을 막기 위해 인근 도시로 나섰던 전가와 월가가 차례로 돌아왔다.
　연후는 높은 곳에서 돌아오는 두 가문의 병력을 응시하며 눈빛을 가라앉혔다.
　'제법 피해가 컸군.'
　먼저 전가의 병력은 칠천쯤 되어 보였다. 이번 전투에서 거의 삼 할에 달하는 병력을 잃은 것이다.
　월가는 더했다. 그들은 남은 병력이 삼 할 정도에 불과했다. 무려 칠천에 달하는 병력을 잃은 것이다.
　신휘가 미간을 찡그리며 말했다.
　"월가 쪽 피해가 너무 컸군. 전가에 대한 원망이 아주 크겠어. 쯧쯧쯧."
　"피해 여부와는 상관없이 문책을 피할 순 없다. 물론 전가도 마찬가지고."
　"제대로 밟아 놓으려면 그래야겠지. 그나저나 약탈을 염려해 인근 도시로 병력을 보낸 것은 아주 좋은 대처였어. 후후후."
　연후는 묵묵히 고개를 끄덕였다. 그는 수중의 찻잔을

입으로 가져가며 소무백을 떠올렸다.

'약탈을 염려하여 인근 도시로 병력을 급파한 것은 나조차도 생각하지 못한 것인데…….'

처음 그 말을 들었을 때, 소무백이 완전히 다른 사람처럼 보였다. 하고 나면 누구라도 할 수 있는 것처럼 여겨지지만, 막상 그 상황에서 그러한 생각을 떠올린다는 것은 결코 쉽지 않은 일이었다.

'한없이 나약한 사람만은 아니었다. 어쩌면 내가 그리는 그림에서 생각보다 더 큰 역할을 해 줄지도…….'

"그나저나 대막의 대원수가 길길이 날뛰겠군. 듣자니 자네 손에 죽은 태무령이라는 놈이 대원수의 인척이자 대막의 부원수라고 하던데 말이야.

연후는 말없이 웃었다. 사실 그도 태무령의 정체를 전투가 끝난 후에야 들어서 알게 되었다.

'제대로 자극했군.'

두두두!

월가의 병력이 먼저 군영 안으로 들어섰다.

연후는 전주 방개의 노기 어린 얼굴을 똑똑히 볼 수 있었다.

그다음은 전가였다. 선두에서 전마와 함께 들어서는 전주 손광의 전신이 피로 얼룩져 있었다. 도시에서도 꽤 치열한 전투를 벌였던 모양이다.

방개가 전마에서 내리기가 무섭게 손광을 향해 달려갔다.

"네 이놈, 손광!"

지켜보던 신휘가 씩 웃었다.

"한바탕 제대로 하겠는걸?"

그의 예상은 그대로 맞아떨어졌다. 언성을 높이던 방개와 손광이 기어코 검을 뽑아 든 것이다.

마침 삭주군 총사 한경이 나섰기에 망정이지 하마터면 피를 볼 수도 있었던 상황이었다.

신휘가 물었다.

"문책의 정도는 정했나?"

"아무래도 제대로 밟아 놓으려면 지휘권을 박탈해야겠지. 그러자고 수를 쓴 거니까."

"그럼 전가와 월가의 병력은 대지존 휘하로 들어오게 되는 건가?"

"벌의 법령에 의해 삭주 군영에 속하게 되겠지만, 한경이 곧 총사의 직에서 내려올 테니 실질적으로는 대지존의 휘하로 들어간다고 보는 게 맞겠지."

"자네 휘하로 들어간다고 봐야겠군. 후후후."

"그럴지도. 후후후."

어제저녁, 소무백은 한경에게 방어 실패의 책임을 물어 크게 꾸짖었다. 사전에 계획된 것이었지만 진심으로 화를 내는 모습에 연후도 적잖이 놀란 바가 있었다.

그때 연후는 소무백에게서 그가 어떤 자세로 이 전쟁에 임하고 있는지를 똑똑히 볼 수 있었다.

"곧 회의가 시작될 테니 그만 나가지."

"나는 자격이 없지 않나?"

"천하의 혈왕이 자격이 없으면 누가 자격이 있겠나."

막사를 나선 연후와 신휘는 사령막이 있는 곳으로 향했다.

가는 길에 사공천을 만났다. 그도 회의에 참석하기 위해 막사를 나서던 길이었다.

사공천이 연후를 향해 머리를 조아렸다.

그의 표정은 어두웠다. 능선에서의 전투에서 일천에 달하는 사상자가 발생한 까닭이었다.

잠시 후, 세 사람은 회의가 열리는 막사로 들어갔다. 소무백과 철군악을 제외한 전원이 이미 자리에 앉아 대기하고 있었다.

연후의 자리는 상석이나 다름없는 소무백의 바로 앞에 위치하고 있었다. 바로 옆이 철군악의 자리였고, 신휘는 다른 가문의 수뇌들과 같은 선상이었다.

아무리 혈왕이라도 공식적인 자리에서는 팔대가문의 수뇌들보다 결코 위일 수는 없었다. 물론 신휘는 조금도 괘의치 않았다.

능선 전투 〈305〉

연후는 총사 한경과 방개, 손광을 차례로 살폈다. 상황이 상황인 까닭에 셋의 얼굴은 딱딱하게 굳어 있었다.

방개가 연후를 보며 주저하는 기색을 보이더니 포권을 취하며 입을 열었다.

"덕분에 본 가의 무사들이 무사히 피할 수 있었습니다. 모두를 대신하여 감사드립니다, 가주."

"마땅히 해야 할 일을 했을 뿐이오."

뜻밖이었다. 방개가 감사를 표하고 나올 줄은 연후조차도 예상하지 못한 것이었다.

반면 손광은 연후를 힐끗 쳐다만 볼 뿐 입을 굳게 다물고 있었다.

그때 소무백과 철군악이 들어섰다. 연후를 비롯한 모두가 자리에서 일어나 머리를 숙였다.

소무백은 연후와 눈을 맞췄다. 그러고는 좌중을 향해 준엄한 표정으로 말을 해 나가기 시작했다.

먼저 총사 한경의 직위 해제를 명했고, 방개와 손광은 지휘권을 박탈했다.

또한 전가와 월가, 두 가문의 병력은 삭주군에 편입되어 이후의 모든 작전에서 삭주군과 함께할 것을 결정했다.

방개와 손광은 나지막한 한숨과 함께 지그시 눈을 감으며 처분을 받아들이는 기색이었다.

하지만 한경은 아니었다. 그는 자리를 박차고 일어서며 항변했다.

"비록 기습을 당하여 피해가 발생하였으나 총사의 직을 내려놓을 정도의 사안은 아니라고 생각합니다! 또한 총사의 직은 장로원에서 내린 것이니 직위를 해제함에 앞서 장로원에 먼저 사안을 알리고 이후에 있을 결정을 따름이 마땅한 줄 압니다!"

"내 직권으로 가능한 일이니 더는 항변하지 말고 순순히 명에 따르시오."

"대지존!"

소무백의 눈빛이 싸늘히 내려앉았다.

"불복하면 즉참으로 다스리겠소."

"……!"

즉참이라는 말에 그만 얼어붙고 마는 한경이었다.

지켜보던 연후는 내심 감탄했다. 지금의 소무백은 누가 봐도 대지존의 준엄한 모습, 그 자체였다.

'변한 건가? 아니면 원래 이런 사람이었나.'

뭐가 어떻게 되었건 간에 연후로서는 반가운 일이었다. 소무백이 강하면 강할수록 앞으로 더 많은 도움이 되어 줄 테니까.

[다행히 세 사람 다 처분을 받아들일 것 같습니다.]

철군악의 전음이 흘러들었다.

연후는 묵묵히 고개를 끄덕이며 소무백을 응시했다. 아직 하나가 더 남아 있었다.
 그때 소무백이 모두를 놀라게 하는 말을 했다.
 "철혈가주를 본인의 대리자로 임명하겠소. 철혈가주께서는 이에 응하시겠소?"
 "대지존의 명이시니 마땅히 따라야지 않겠습니까."

                    (북천전기 14권에서 계속)